苏维生◎著

我的路

四川美术出版社

图书在版编目（CIP）数据

我的路 / 苏维生著. -- 成都：四川美术出版社，
2018.8（2022.1重印）

ISBN 978-7-5410-8286-3

Ⅰ.①我… Ⅱ.①苏… Ⅲ.①散文集-中国-当代
Ⅳ.①I267

中国版本图书馆 CIP 数据核字（2018）第 205787 号

我的路

WO DE LU

苏维生 著

出 品 人：马晓峰

责任编辑：林雪红

责任校对：胡 奂 周树宁

策 划：蓓蕾文化

出版发行：四川美术出版社（四川省成都市锦江区金石路 239 号）

印 刷：四川新恒川印务中心

成品尺寸：210mm×145mm

印 张：6.5

字 数：150 千

版 次：2018 年 9 月第 1 版

印 次：2022 年 1 月第 2 次印刷

书 号：ISBN 978-7-5410-8286-3

定 价：26.00 元

自序

　　2015 年 5 月（农历甲午年），是一个不寻常的年份，我轻松愉快地走下了工作岗位。一个人，将要走完一段路程，或者完成一个使命，都想深情地回头看一看，想一想，自己所走过的路……

　　人生的路可以说是漫长的。一路走来，有阳光，有阴雨，有笑脸，有鲜花，但也少不了荆棘和陷阱。它坑坑洼洼，坎坷不平……

苏维生工作照

　　四十多年如白驹过隙。四十多年的从政生涯，所做的事业虽然不算轰轰烈烈，亦未大红大紫名烁天下，但也做了一些被领导和群众公认的好事、善事、大事，口碑还算不错，曾有领导称赞"苏维生同志是个好领导""苏维生是京族人民的好儿子"。四十多年间，从科员起步，先后担任镇长、防城港区房地产公司经理、防城港区建设总公司副总经理、防城港区建委副主任、防城港市建委主要负责人、港口区委书记、市人大副主任等职务。在厅干部的位置上一直干了17年多，可以说是我们京岛上在本土工作最大的干部了，比起我爸的"排长"大多了，知足矣。现在动笔写下《我的路》，是想把我的一些人生经历说出来，为我的民族、家族留下一点记忆，给同学、朋友、老师、同事、同行留作纪念，也让子孙后人知晓，他们的前辈是怎样的一个人。

往事并非如烟，人生绝非浮云。我从懂事的那一天起，或者更确切地说，从我背起我妈妈一针一线缝制的小书包那一天起，就照父母、老师的指点，好好读书，好好做人。长大后按党的教导去干好我的事，做一个人民的好干部。从小我就懂得立志，长大了更是坚定自己的理想信念，以坚韧不拔的精神，以百倍的努力，克服了许许多多的困难，一往无前求索真理、追逐梦想，走在这条充满艰辛与磨难的道路上。回顾我走过的路，那一串串脚印，歪歪斜斜，深深浅浅，但处处留痕，磊落光明。我很幸运，有父母的挚爱，有兄弟姐妹的帮扶，有知己朋友的鼓励，有老师的教育，有同志的关心，有家庭的温馨，更有幸生活在一个改革开放的时代，党和国家给了我一个发挥才智的大舞台，给了我一个步步向上的阶梯。举长风破万里浪，亲情、党情、国情，是我成功的主要动力，也是我永不忘记的立身之本和做人之基。

我记得，有一位哲人这样说过："一个人一生要走多远的路程，经过多少年才能走到终点，实现梦想需要很多时间，只要肯期待，希望就不会幻灭。天地任我展翅高飞，谁说那只是天真的预言，风雨挥舞狂乱的双手，写下灿烂的诗篇。不管多少潮来潮往，无论世界怎样变迁，只需迎接光辉岁月，为它一生奉献。"

苏维生

2017 年 11 月

目录

MU LU

民族篇

　　我是京族人。

　　京族是中华民族大家庭中不可或缺的一员。在历史上曾有苦难的岁月，却在新中国焕发出强大的生命力。可以说，她是祖国南海上璀璨的明珠。

和京族演职人员在一起

京族是广西世居民族。自称 Kin tuk，也称唐人、安南人。1958 年 5 月 1 日，经国务院批准，定名为京族。据民间流传和文献史料记载，明代武宗正德年间（1506—1521）至 19 世纪末，陆续由如今越南境内的涂山、春化、义安、花丰、瑞溪、芒街、沥柱、角白等地移居到中国广西京族三岛及附近村寨。

2013 年，防城港市京族总人口 2.3 万，主要分布在东兴市江平镇沿海的沥尾、巫头、山心、潭吉等地，约占京族总人口的 60%；其余则散布于三岛附近的红坎、恒山、寨头、米漏、瓦村、贵明、佳邦以及东兴镇的竹山村等地。

京族为中国唯一的海洋民族。其生产、生活，以及饮食文化、衣饰文化、宗教文化都与大海结缘。从明朝中期至 1949 年，以浅海捕捞和杂海渔业两种生产方式为主，经济效益较低。20 世纪 50 年代以后，从原来单一、落后的浅海作业逐步发展到先进的深海、远洋作业，产量比过去增长数十倍甚至数百倍。农业是辅助性的生产方式。明末清初，在周邻汉族的影响下于旱地种植玉米、红薯、木薯等，后来随着水田的开垦和水稻品种的引进与推广，农业经济也逐步发展。1949 年中华人民共和国成立后，先后多次拓荒造地、围海造田，改良水土及生产工具，引进优良品种，变更耕作方式等，农业生产有了较大发展；传统的制盐、烧牡蛎灰、养蚕、制鱼露等作为副业生产，对京族经济发展起到重要的作用。20 世纪 90 年代初发展起来的海水养殖、中越边境互市贸易以及旅游服务业，使京族在短短 20 年间，人均年收入从原来的不到 1000 元增加到 1 万元，一跃成为我国最富有的少数民族之一。

京族通用汉语，粤语（白话）、客家话、普通话杂而用之，本民族的语言与越南北部居民的京语相通。京族字"喃"是假借汉字和仿效汉字结构的原理和方法，依据京语的读音，创造出来的文字，6 世纪开始盛行，分为假借喃字、形声喃字和会意喃字。如今字"喃"在京族地区仍被用来记录京语民歌，民间流传的歌本、经书、族谱以及乡约仍使用字"喃"。

民间文学丰富多彩，主要有历史传说、民间故事、歌谣、谚语等。传统舞蹈有《跳天灯》《花棍舞》《进酒舞》《进香舞》《摸螺舞》等。传统戏剧称为嘲戏，主要剧目有《阮文龙英勇杀敌》《等新娘》以及汉族的古典戏剧《二度梅》等。常用的乐器主要有独弦琴、二胡、奏琴（三弦琴）、笛子、鼓、锣、钹、木鱼、竹板等。独弦琴弹奏艺术于2011年被列入第三批国家级非物质文化遗产名录，除独弦琴为传统乐器外，其余乐器和曲艺皆由汉族地区传入。传统乐曲较多，主要有《高山流水》《打鱼归来》《过桥风吹》等，其中《高山流水》较有代表性，不但篇幅长，且曲调抑扬顿挫，音律清雅透迤。

信仰习俗以原始巫教为主，信奉鬼神，同时兼容吸收一些道教和佛教的内容。19世纪中叶以后，天主教开始传入京族地区，居住在江平恒望和竹山三德的部分京族人逐步信仰天主教。

集祭祀、乡饮、娱乐为一体的京族哈节，是京族一年中最隆重、盛大的民族传统节日，其内容丰富，规模宏大，于2006年被列入国家第一批非物质文化遗产名录。

京族，属于炎黄子孙，发源于河南，后迁福建、山东、广东等沿海一带，靠打渔为生。我们苏氏祖先有九兄弟，有三兄弟迁台湾，有三兄弟自北向南沿海打鱼落脚钦州那丽，现分布在博白钦州等地的苏姓即是其后人，即那丽博白"蚁仔坟"的苏姓人；还有部分苏姓先人迁到现在越南的广宁省先安河桧，后来其后人迁回东兴的松柏竹山牛桅岭等地，因同讲山子话的家族长期聚居，故已改为瑶族。还有三兄弟——我的直系先祖，先漂流至越南海防市涂山一带安居，五百年前（约1511）又陆续迁回中国。据族谱所载，高祖苏福值夫妇随大伙打鱼从涂山漂流到白龙尾，后才移迁到福安，即现居住的沥尾。苏氏是沥尾姓氏人口最多的家族。按苏家族谱《记蚁子山苏家族流水簿》排辈依次为："亿万茂庆善贵，联芳积春维世光，修德仁仪绍远泽，传启文明永胜倡。"据《广西京族社会历史调查》（广西民族出版社 1987 年 12 月）和《京族简史》记载，1983年在三岛发现一批文物，其中在沥尾发现的一份乡约云："……丞先祖洪顺 3 年贯在涂山漂流出到……立居乡邑壹社贰村各有亭祠前……卷倒各有言置说明……理宜循集且亭祠奉事列位香火前少后……不便驯至嗣德贰拾捌年季夏届节具祭……旬为此会合再立新约券例各各事神水为恒……"

京族陆续迁回中国，这与当时越南封建社会战乱频繁，后又沦为法帝国主义的殖民地，受帝国主义、封建主义双重压迫有密切关系。越南黎朝黎睿即帝位（1505—1509），朝政腐败。他是越南历史上荒淫、暴虐的皇帝。1511 年，陈询在山西领导1 万农民起义；1512 年，黎熙等在宣安领导农民起义；1515年，冯章在三岛起义，黎讫在清化起义；1516 年，陈公守在宁郎起义。同年，陈高起兵于海阳、东朝等地，这次起义规模最大，一度攻占升龙，这个时期是越南最混乱的时期。1527 年后，越南进入"南北朝"战乱时期。1771—1802 年是西山农民起义时期。1802 年，阮福映在法帝国主义殖民者的扶持下，击败西山起义军，登上王位，建立越南最反动的一个封建王朝——阮朝。法国殖民势力步步紧逼，终于在 1883 年逼迫越南签订《顺化条约》，承认法国为其保护国。1885 年，法国殖民势力逼迫清朝签订《天津条约》，清朝政府放弃对越南的保护，从此越南沦为法帝国主义的殖民地。1940—1945 年又为日军占领，直到 1945 年建立越南民主共和国，1954 年才完全结束法帝国主义殖民者的统治。400 多年间，越南一直少有太平的日子。渴求社会稳定，勉力维持平凡的生活是人心所向。因此，一批批京族人在不同的年代迁回中国，回归至今，早的已有

16、17代，迟的也有4、5代。沥尾、巫头、山心成了他们聚居的家园，世代生于斯，长于斯，半渔半耕，以渔为主。外面亲切地把这三个小岛称为"京族三岛"。

京族人迁回中国定居后，与当地原有的汉族、壮族居民生活很融洽，他们共同交流，形成了共同的文化心态，在生产生活中结下了深厚的民族兄弟情谊，生活习性和家庭婚姻上也通化得较早，尤其在反帝反封建的爱国斗争中常常并肩战斗，相互支持，谱写了一曲曲革命的凯歌。京族是一个具有光荣传统的民族。

京族第二代民宅

1949年10月1日，中华人民共和国成立。京族人民和各族人民一同进入了社会主义，1952年11月，建立巫头、沥尾两个越族自治乡，12月成立了山心越族自治乡。1957年11月8日，十万山僮族瑶族自治县在江平召开联乡越族代表会议，根据历史来源及本民族要求，并经上级批准，将"越族"易名为"京族"。

"京族三岛"是个美丽的地方，面积不大，是三个凸出海面沙质的大陆岛屿，地势平坦，没有溪流，海域浩瀚，渔产丰富，风景秀丽，宜于旅游度假。我们读小学三年级时语文课本上就有一篇课文名《京族三岛换新装》。我还记得李甜芬作词、王能作曲的《京岛行》是这样唱的："带着暖暖的爱情，带上轻轻的行装，去一个你没有去过而又美丽神奇的地方，那里有红豆、珍珠在闪亮，看不够那个南国风光，数不尽那个采珠姑娘，听不够那独弦琴吟唱，听不够那渔歌晚唱，捡一颗红豆握手中，采一串珍珠挂胸前，京岛从此在梦中……"

京族拉大网

20 世纪 60 年代中国十大青年作家张化声同志谱写的《独弦琴告诉我》的歌词，更淋漓尽致地描绘了京族的风土人情："南海潮哟，哗哗……哗，起又落，独弦琴轻轻地告诉我，在美丽的京族三岛有一支迷人的情歌，闹海拉网妹呀！拉网妹，冲浪摇船哥呀！摇船哥，号子齐声唱，花开心窝窝；渔家有情人，浪里同拼搏，金山当嫁妆，大海做媒婆，一条银线轻轻拨，相思话好唱不好说。一把红豆深深播唱，哈节月下再收获呀！再收获。"

在漫长的历史长河中，京族人与汉族人及其他民族兄弟共同创造了灿烂的祖国文化，流传下许许多多的历史故事和美好的传说，如《赶海妹的故事》《赶鸭妹的故事》《计叔故事》《宋珍故事》《拉茄王子和芙蓉公主的故事》《三兄弟的故事》等。这些故事和传说述说了京族人斗智斗勇惩治剥削阶级的事迹，歌颂了京族人聪明勇敢的品格，激励着京族人民积极向上，创造美好的明天。

从风俗习惯看，京族人民长期、大量吸取了汉族文化，欢度着汉族、壮族等民族共同的节日；从信仰习俗看，京族民间的宗教为道教、佛教、巫教相混杂。民间信奉多神，其中有道教神、佛教神和民间诸神，如天官、土地、灶君佛和观音，以及镇海大王、伏波将军、本家祖灵等；从人生礼仪看，如"婚娶的定彩头""哭嫁歌堂""老人祝寿"为老人"添粮"等，大都与汉族相同。

"哈节"是京族的传统节日，涵盖着京族文化内容的、民族特色十分浓厚的、富有民族情感的、与京族民间文学关系十分密切的节日。其间展示的民族文化丰富，又包含不少汉族和其他少数民族的文化元素。三岛举办"哈节"的时间各有不同，沥尾为农历六月初九，巫头为农历八月初一，山心则为农历八月初十，哈节实意应是京族人的唱歌节，"哈"是京族语译，是唱歌的意思。

我记得有一首京族歌谣是这样唱的："踏上美丽富饶的京族三岛，最迷人的是优美婉转的京族歌谣。她伴颤悠悠的独弦琴声，唱醉了多少远方游人和飞鸟。"每当那传统"哈节"的锣鼓敲响，"哈亭"更是人山人海歌声阵阵，京家歌谣为什么这般神奇？为什么如此奥妙？为什么越唱越火、越唱越爆？因为大海是京家歌谣的源泉，大海深处蕴藏着无数酿造歌谣的瑰宝；因为"哈亭"是培育京家歌谣的摇篮，京家年年高唱着歌谣赶海、闯大潮；因为改革的春风吹富了京家，京家人用心血谱写了歌谣的捷报；因为一首首歌谣唱开了朵朵浪花，京家的

独弦琴

歌海情潮，一浪更比一浪高。

京族"哈亭"是沥尾岛京族居民每年欢度"哈节"的固定场所，俗传"哈亭"。现在的沥尾京族"哈亭"于辛巳年（2001）丁酉月酉日重建，壬午年（2002 年）4 月中旬竣工，它不仅是京族过哈节、祀祖先、祭神灵和民间娱乐、议事的公共场所，并且挂牌成了"京族字喃文化传承研究中心"以及"京族哈节——国家级非物质文化遗产"所在地，是京族三岛的标志性建筑。传说哈亭是专为祭拜"镇海大王"而建。"哈亭"的建筑形式已由过去以竹木为桩柱，以茅草为盖顶的简易哈亭变为钢筋混凝土结构的宽敞楼阁，圆圆红柱，弯弯亭角，屋顶双龙戏珠，亭内雕梁画栋，既古朴典雅，又别具特色。"哈亭"的内在功能和主要布局却始终一脉相传，其结构一律为正厅加左右偏厅。正厅的里厢一并供奉着镇海大王、高山大王、兴道大王、广达大王、安灵大王等五位神灵（京族的保护神，处在正中位置的镇海大王是海神，是保佑京族海上和海岛平安最主要的本境神；处在副神位置的高山大王是山神，是管护山林的本土神灵；处在从属地位的兴道大王、广达大王和安灵大王是社神，是伴随京族先民从安南漂泊到三岛的外来神），设主祭坛。正厅的外厢是宽敞的厅堂，是开展祭祀和娱神的地方。与正厅连在一起的左右偏厅则设坐席，两个偏厅大约可容纳三四百人。

哈节时间为 3—4 天，第一天主要是迎神，集队举旗打伞抬着神位到大海边，锣鼓大擂，鞭炮齐鸣，遥遥迎接镇海大王等大神到哈亭，然后是祭神，做完祭神事项后，"哈妹"们载歌载舞，唱起了"月下是谁顶灯，行舟为何桨停，喜时上埠神游，愁时我弹一两次琴……"等民间歌谣；第二天开始连续两天的"乡饮"，每桌 6~8 人不等，边吃边喝边听"哈妹"唱歌、对歌，所唱的内容有《十三哥卖鬼》《宋珍与陈菊花》《琴仙》《琵琶行》等等。第五天送神，"哈妹"跳花棍舞，驱赶混进哈亭听"哈"的邪魔鬼怪。

京族男女青年利用哈节唱歌跳舞进行社交活动、山歌对唱与情谊的交流，每当他们歌罢尽兴，即步入丛林或漫步沙滩，用踢沙和掷树叶的方式传情说爱，有时会唱起一曲柔情蜜意的山歌。如："（女）哥想唱歌哥过来，让妹看哥好身材，身材伶俐共你唱，倘若肮脏请走开。""（男）任你看，任你相面又相才，看哥就是本民族，没有歌才不敢来。"

中华人民共和国成立后，哈节举办了几年，"文化大革命"期间哈亭被毁了。我小时候看到的就是残墙碎瓦，老百姓在院里种菜和圈牛了，直到 1985 年才恢复建设"哈亭"和唱哈活动。2001 年，根据京族群众的要求，我筹措了 35 万元资金新建了现在规模的哈亭，2002 年农历六月初九正式开放使用。把哈亭周围的环境进行美化，并用了近 10 万元在哈塘上建了一座小桥，一处凉亭，又花 3 万元在塘的右边铺设了一处绿地，使哈亭成为一个方便群众活动及旅游的景点。

哈 节

由于三个岛上的京族人迁来的时间不同，所以举办哈节的时间一直不同。沥尾村是农历初九，巫头村是农历八月初一，山心村是农历八月初十，曾拟统一选定一个时间，但由于种种原因至今也没实现。

改革开放后，党的一系列民族政策和富民政策得到了落实，京族人民也以善良、聪明、正直、厚道的民族个性和敢闯敢为的奋斗精神建家立业、带富一方，消除了其他民族的一些偏见，赢得了广泛的尊重。

现在，我在任何场所都可以自豪地说："京族是中国比较富有的民族，是热情好客、能歌善舞的民族，又是海的民族，歌的民族。"

家族篇

　　家，是华夏儿女一切社会关系的基础。家，各种各样，有富贵的家，有贫穷的家，有向善的家。我的家族，人口众多，亲情浓郁，虽不富裕，只是平凡人家，但也团团圆圆，和谐温暖。那是我爷爷奶奶爸爸妈妈的家。我现在的家，育有一男一女，儿女都已长大自立、健康、诚实、能干、向上。

　　爱人张祖坚，1954年8月生，广西浦北人，1974年合浦卫校毕业，先后在钦州地区医院、防城港务局医院、防城港市人民医院、港口区人民

结婚照

法院工作。她是一个普普通通的农村女人，也是一名普普通通的工作人员。在工作岗位上，她积极向上，

勤勤恳恳，任劳任怨；在家里，为了两个子女的学习生活和健康成长，她劳累奔波，含辛茹苦，呕心沥血。2002 年退休后，全职家务。业余时间她喜欢唱歌，室内、广场都乐于放声一唱。我常常同她讲："对家庭子女，你倾注了全部精力，我的今天有我的一半更有你的一半。"

女儿苏艺，1979 年 3 月 9 日出生，先是在钦州地区机关幼儿园入托，1984 年 9 月在港务局幼儿园就读，然后在港务局白沙沥小学读书，接着在防城港第一中学读初中，1994 年就读于广西工商学校，1997 年毕业，先后在市工商局、市政协工作。2000 年至 2005 年在北京大学法学院自考部脱产读书，大学本科毕业后仍回到市政协工作，后调入市机关事务局工作。2010 年结婚，丈夫秦兴达，桂林人，自谋职业。2012 年 12 月 20 日下午 3 时 30 分生下一个男孩，名叫秦涛峰，取意山海的结合，是山的儿子，也是海的儿子。

苏艺得天地之正气，心地善良，得贵人相助，为有福之命。大学毕业后，一边工作一边做生意，开过三个店铺，喜事多进财，又兼喜事重重来，生活比较好，经过努力奋斗，退休后一定会享受着快乐的岁月。

儿子苏洲，曾用名苏小舟。1986 年农历十二月二十八日生，小时候在机关幼儿园入托，先后就读实验小学、南宁三中、防城实验学校（高中），2005 年进入湖北工业大学就读国际市场营销专业，2009 年毕业，2011 年结婚。儿媳符佳嵋，1989 年在防城出生，企沙人，2015 年 8 月 17 日上午 10 点 50 分生下一女，名叫苏湉惠。苏洲人生为丙寅，辛丑，乙亥，丁亥。太阳立命辰宫，太阴安身嘴宿。一生勤奋有财禄，多贵人助，聪明性刚强。

与子女照

2009年大学毕业后,我们尊重儿子不考公务员也不进国家企事业单位的心愿,任他选择了一条自谋职业的路子。他开初向银行贷款购买车辆,搞土石方运输;后又合伙经营混凝土搅拌站,也承接招投标一些小工程,自食其力。

儿女们都很听话,爱读书,勤工作,我们作为父母不仅尊重子女的选择更是支持子女的选择,不仅呵护他们,更像朋友一样帮助他们,让他们茁壮成长。爱人是一个旺夫益子相,她很热爱和珍惜这个家。与众多家庭相同,平安是福,和睦是福,行善是福,助人是福。我们的工资收入加起来平均每人每月4000多元,生活也很踏实了,居住条件也很好了。常人说"知足常乐"嘛,这与爷爷奶奶那时的家是无法相比的,就是同我父母主持的家也是无法相比的,可以说是天壤之别,不可相提并论的。但不管怎样说,没有前一个家做基石,没有爷爷奶奶爸爸妈妈辛勤铺垫,没有我们一辈子的辛勤努力奋斗,也就没有现在我们的家。

全家福

　　我在成家的初期，也是很艰难度过来的。我与爱人是经朋友介绍相识相爱的，于 1978 年 5 月 1 日结婚，结婚时什么家当都没有，托朋友帮买 2 个肥皂箱来装衣服，饭桌是用 2 块松木板搭起来的。结婚那天买了两斤糖果、一两茶叶请单位的同事朋友吃糖喝茶，晚饭到机关食堂打了两个 2 角钱的甲菜和 1 角钱的乙菜就算办了终身大事。当时双方父母都已很老了。我们的工资很低，我每月工资是 39 元，爱人工资 37 元，除了给老人的费用和水电费，平均每人月收入不足 18 元。如果我要下乡参加工作队，还要交给住户每月 12 元。平时每到月底的 25 日，就必须向行政科借 5 元钱来维持本月的正常生活。如果说哪月有朋友、同学、亲戚来往的话，就更惨了，伙食费更接济不上了。当时食品部门每人每月凭票供应 1 元钱的猪肉（当时猪肉

8角2分钱一斤），但有时供应不上，我记得我老婆生孩子时，为了给她买2角钱的瘦猪肉，在凌晨四点钟前就去排队了，有时生怕买不到，就请来朋友抬大石头来帮"排队"买肉。我记得有两次为了给爱人买上塘角鱼补身体，我约上朋友坐摩托车冒着风雨到远离家40多公里的那丽乡购买。产假后（当时产假45天）爱人要上班了，而且要值夜班。她上小夜班我则要在12点钟接她下班，如果要上大夜班我就要在2点钟带着孩子来喂奶，这样一来回，凌晨4点钟我才能休息。如果我出差她必须请假半夜回来给孩子喂奶。不管风平浪静或是刮风下雨，我们都坚守，直到孩子断奶。当时家庭生活确实很困难，但我们感到踏实，充满着快乐、幸福，社会和家庭都显得乐融融的。

父亲，苏权厚，生于1903年。兄妹七人，他排行老三，村里人称他为"三叔""三哥"或"三伯"。老大，苏权安，结婚不几年，在一次海上打鱼途中被海盗打死，生不见人，死不见尸，后来给他修了一个假墓，每年大年三十中午前都要给他扫墓，以表哀思，直至今天仍坚持。老二是女孩，不识字、别人叫她"苏二娘"，用京族话讲叫"巴叔妹"。老四苏权志，中华人民共和国成立前一直在越南打长工，一年才回一次家，直到土改分田地时才回家做农活。老五、老六、老七都是女孩，所以这个家都是由祖父母和父母支撑着，虽然生活很艰难，但他们过得很充实，直到1958年爷爷逝世后，才分家。

父亲很勤劳，也很大方，与世无争，从来不同别人吵嘴打架，是一个老实的海佬。13岁开始跟爷爷摇船出海打鱼，农忙时起早贪黑干农活，他活得很辛苦、很累，但从来不叫一声，做儿女的也没有感觉到、看到。他不知道什么是苦，什么是累，像一头拉车的老黄牛，从不休息，直到生命的终结。我懂事的那一年，正好是1962年"大跃进"运动、人民公社化的年月，我朦朦胧胧记得父亲在集体大饭堂里当厨师，他工作很忙，我常常看不到他，因为每天早上我还在甜蜜梦中的时候，他已忙碌地为人们煮饭烧菜去了。有一次他把我带到饭堂玩，他说很忙顾及不了我们兄妹，今天让我尝一下他做的墨鱼扣，我边吃，他边问我好不好吃？因为当时肚子很饿，也顾不上好吃与不好吃，我只连连点头说："好吃好吃"。爸爸高兴极了，说："儿子，爸做的墨鱼扣不是给你吃的，而是给干部吃的。要想吃到墨鱼扣，要好好读书当干部呀。"不久大饭堂解散了，他回到生产队当社员，后来当上贫农代表、生产队副队长、政治队长、农会主席，他常常带着男女社员去耕海犁田。他处处以身作则，难的、累的、脏的活，他带头去干，从来不叫苦和累。记得有一次他本来有病在身，但他硬要去海边捞虾，后来确实顶不住倒在沙滩上，肚子胀鼓鼓的，不省人事，人们把他抬到卫生所，我妈带着我们兄妹去看他，认为不行了，大家号啕大哭，但经过一天一夜的抢救他终于醒过来了，我们无比高兴。从这之后他更得到社员们的尊重和信任。他辛辛苦苦几十年只享受过一次较好的政治待遇，就是荣幸地出席东兴各族自治县贫下中农代表大会，胸前佩戴了一朵大红花，他感到十分满足，回来后讲了好几次，逢人就说是党的关怀、政府的照顾，没有共产党，没有新中国，就没有他，就没有今天的荣誉。就是这么一次使他难以忘怀，使他感恩不尽。从父亲的身上，我看到了中国农民的朴素、真情、忠诚与真爱，也使我深深地懂得"感恩"。

父亲不仅是一位生产能手，而且在社会上也是备受尊敬的人，他在为人处事上，从来不说一个"不"字。在家里，对亲人也一样，从来没有打骂过，家里人说错了话、办错了事都苦口婆心地教育。记得有一次二堂哥读书不努力，偶尔旷课，考试成绩差，受到四叔的打骂，二堂哥不敢回家吃饭、睡觉。父亲知道后痛骂了四叔，并想法找回二堂哥，给他讲读书的道理，并勉励他好好读书，将来才能做大事。从此，二堂哥勤奋读书，读完了中学，在抗美援朝时期先后当上了"翻译官"、副团级干部。又如，四叔脾气很暴躁，对老婆儿女经常打骂，搞得家无宁日，父亲总是耐心劝说，四叔后来终于幡然悔悟。

父亲不仅是一位善良、备受人们尊重的人，而且是一位在生活上很简朴的人，很少见他穿新衣服。他常常对我们说："现在家里人多，生活很困难，能省就省，不能与别人比吃比穿，衣服破了可以补一补，补了洗了不是又能穿了吗？古人都说过，'新三年，旧三年，缝缝补补又三年'。"我们做子女的也深深理解父亲这一番话。当时我们家确实困难，四个姐姐都不曾上过学，弟弟也只能读完小学，就再也没有钱读书了。四个姐姐后来在夜校扫的盲。1969年之前，全村多数人家都盖上了石砖瓦房，可我家与隔壁的黄三叔家还是木柱瓦房，直到1969年的冬天我家才东借西凑盖了三间又低又矮的石墙瓦房（只有六尺九高）。虽然比村里别人家的房子差了一些，但父亲脸上总带着笑，我们一家人都像过年那样高兴。搬入新屋的那一天，虽说没有钱买鞭炮和鸡鸭鱼肉，但还是买了一斤多的肥猪肉和粉丝青菜煮了一大锅，我们饱餐了一顿，这也算是入"新屋酒"了。这一天晚上，父亲很高兴，看看这，看看那，总是笑眯眯的。我陪着他烤了一夜的火，一夜都没有合眼，他不时给我讲故事和人生的哲理：教我怎样做人，怎样读书，怎样为人处世，勉励我一定要读好书，做一个对社会有用的人。

父亲善良、为人正直，一生勤劳耕作，终归清贫地离开了人间，像一支蜡烛给家里带来了光明，他又像一只蜜蜂给我们留下很多蜜。那是 1979 年农历九月二十日早上约 6 点钟，天刚蒙蒙亮的时候。也正是对越自卫反击战胜利不久，边境上还弥漫着战争的硝烟，是我大学毕业的第六个年头，成家的第二年，大女儿刚满六个月的时候。我记得这一年春节前看到父亲时，他身体很好，身板结实，头发很黑，还能出海打渔。有一天早上，他正在拉大网捕鱼，不知怎的跌了一跤，接着又拉又吐，打针吃药都无济于事，就一直卧床不起。我便请了假回家照料陪伴父亲，整整一个星期，父亲的身体慢慢恢复，能吃粥、喝汤了，我便回单位工作了。又过了几个月，父亲的病又复发了，病得比以前更厉害，到了难以恢复的地步。等我再次回去照料他的时候，父亲话都说不清了，嘴不停地抽动，但不知道要说什么，我俯下身子把耳朵贴近父亲的嘴，想听一听他在说什么，有什么话要留给我们的，后来我才隐隐约约听到："我……快要……走了……你们要……照顾好……你们……的妈妈……兄弟姐妹要互相……照顾好……维忠……弟弟回来后，要……好好教……育他做……人……"听到这里我的心里感到难受了，但他还断断续续地讲，"我要……看看……小孙……女……苏艺。"这下，我明白老人快要走了，但他还放不下心，还惦念着与他相伴近 50 年的老伴，他们是那么的相亲相爱。是呀，这不仅仅是年轻人的追求，应该也是老人们的追求。这使我们姊妹想起了父母相依相伴的 47 年，有了他们的结合，才有我们的今天。母亲听我重述了父亲的话，很伤感，放声大哭，非常凄凉，令在场的人都哭了。我们姊妹也明白了父亲在走前还放心不下，还担心妻子儿女的生活问题，还记得有一个在外的小儿子不能在身边。他或许感到内疚，感到人生不那么完美。还有父亲一直牵挂着我的大女儿，如果最后未能见上一面，可真是太遗憾了。为了实现他的愿望，我当即打电话给爱人，第二天晚上9点多钟，爱人背着女儿来了，父亲抚摸着小孙女，突然睁开眼睛看了一眼他们母女俩，微微笑了笑，便慢慢地合上眼睛睡了。父亲睡得很甜很香，还不时发出微弱的声音，慢慢地、慢慢地听不见了。到了早上6点钟，天刚蒙蒙亮时，父亲停止了呼吸与世长辞了，享年77岁。

全家围着父亲整整哭了一天，我在痛哭中为父亲念了一篇悼词。我记得悼词是这样写的：

爸爸，亲爱的爸爸。

您走了，您为什么丢下老妻和儿孙们走得那样的匆忙，那样的悲怆！您不知道您还有一个服法在外没归的小儿子吗？您应该等他回来为您守孝呀。

爸爸，您77年前从苦难中走来，又匆匆地从困难中走去，一生两袖清风、辛辛苦苦、悲悲切切。您含辛茹苦养育了我们，但您在我们刚成家还没立业的时候走了，我们还没有能力给您做上一顿好饭吃，您没过上一天的好日子，就匆忙地走了。爸爸，我们做子女的有愧于您呀！真对不起您呀！但爸爸，您既然走了，就请您走好吧！我们子女今后要好好安葬、祭拜您的。请您安心吧。

爸爸，按人生年轮的划分您算是"古来稀"的人了，但在这个新世界里您不算"古来稀"，仍应算老年人中的中年人。您应该活到九十九的，应该享受幸福的晚年，应该看到子孙满堂的苏氏家族、您儿子锦绣的前程、家乡明天的变化，您更应该和您共耕耘的乡亲们欢聚人间，同享

天伦之乐的。但您却走了！

　　爸爸，您放心地走吧！我们十分怀念您。我们一定记住您那谆谆的教导：好好做人，好好做事，清清白白当干部，永远做一个党放心、您满意的人。

　　爸爸，您安息吧！

　　母亲，吴玉在，生于1913年，目不识丁，比父亲整整小10岁。在我们兄弟姐妹的眼里，母亲是一位典型的家庭主妇，也是一位伟大的母亲，是一位备受人们称赞的贤妻良母。人们平时都称她为三婶，男女老少无不这样称呼，她确实是人们的好三婶，也是我们兄弟姐妹的好母亲。父母亲在1933年结婚，当时父亲已30岁了，母亲才20岁，按现代人来说，父亲结婚较晚。婚后一共生育12胎，但只养活了6个子女，其中四女两男，我和弟弟都是在父亲已50高龄，母亲40岁后才生的。母亲从来不打骂我们兄弟姐妹，父亲偶尔骂我们几句，妈妈总是关爱我们，教育我们要听话，不要惹事，兄弟姐妹之间吵嘴时，母亲也总是说服教育，劝我们如何珍惜家庭，怎样对待处理好兄弟姐妹之间的关系。妈妈对我们姊妹几人关怀有加，记得我在大约6岁那年，我跟妈妈、姐姐去插秧，我正在田埂上玩耍时见到有人叫卖水糕，便跑去妈妈那里硬要妈妈买一块水糕。妈妈说："儿子，家里连擦锅的猪油都没钱买得起，哪有钱买水糕。"我哭闹了很久很久，妈妈好不容易从裤腰里拿出黄色的一分钱给我买了一块水糕。从那以后，我再也不叫妈妈买东西吃了，因为我懂得家境太困难了，也是从那以后我就很喜欢吃水糕，工作后一有时间回江平、东兴都要吃水糕，甚至曾有几个星期天自己开车到东兴吃水糕。

妈妈跟我们在钦州地委机关住了几年，老大苏艺上幼儿园以后，就回老家住了。我因工作调到防城港镇当镇长后，又跟我们住了几年的时间，后来她向我提出，年纪大了想回老家同弟弟住，我同意并送她回老家。之后我基本每个月都回去看望老人，带一些好吃的食物，并给她必需的生活费。她对生活感到很满意，身体一直很好，只要接到家里人说老人有点不舒服的电话，我立即开车风尘仆仆赶回去探望她。2000 年年初，老人患胰结石，我立即接她到防城医院治疗。之后，老人身体一直很健康。2003 年农历六月初九，正是"哈节"，老人在几个姐姐的陪同下去"哈亭"听歌，由于当天气温很高，不注意中暑了，6 月 14 日（农历七月十三日），接到弟弟电话说妈妈身体很弱，半边身体不能动弹了。第二天，我请了市人民医院的医生一齐赶回老家给妈妈诊治。初步诊断为肺部感染和脑梗死。几位医生征求我们的意见，是否送医院住院治疗，其他几姊妹说妈妈年纪大了，不用送去医院了。我多次同她们商量并征求在重病中妈妈的意见，她们才勉强同意送医院治疗。在住院期间的 15 天里，我天天去看望她，三个姐姐日夜照顾，给老人家喂水喂饭，端尿倒屎，老家的亲戚朋友也不断来看望她，她仅能听得见人讲话，能识别亲友，但说不出话。7 月 27 日按医生的意见送老人回家治疗护理。8 月 4 日我受朱军书记的指派带着市外经贸局蒙利益局长，东兴市委常委、办公室主任谢绍雄到上海、南京、宁波、丹东、大连、重庆等省市拜会东兴市友好区市县，18 日晚回到防城港。第二天开了半天会后，请假护理妈妈一个星期。在出差期间家属们日夜护理，一直到 8 月 30日早上 1 点 35 分去世，终年 91 岁。

我们家属抱着、围着母亲痛哭了一天两晚，把黑夜哭明了，

把白天哭暗了。在师傅的指点下为老人做后事，31 日下午把老人送上山。为了报答老人对我们兄弟姐妹的养育之恩，我为她老人家写了悼念词：

　　妈妈，吴玉在！我们亲爱的妈妈。

　　您走了，您完满度过 91 岁后，您走了。请您……我们亲爱的妈妈，走好，祝您一路走好！

　　妈妈，您平平坦坦走过了 91 个春夏秋冬，您养育了我们兄弟姐妹，现在您已是子孙满堂，在您晚年的日子里，子孙们对您很好，对您的后事也已尽职尽责了，相信您老人家也放心了，请您走好，在九泉之下安眠……

童年篇

　　一个人到老的时候，总会对童年时代十分怀念。追忆往事，想回到童年时代，哪怕过上一两个小时的童年生活也感到心满意足，可是这能得到吗？但往往人们就偏偏想它成为现实。

　　我的童年似一张白纸，里面有红点也似乎有黑点，但红点比黑点多得多……用现代的话来说，我生在新中国，长在红旗下，喝着共产党的奶水长大成人。不是吗，从七岁进入幼儿园，随后能读上小学、中学、大学，感受到共产党好，社会主义好。幼小的心灵无限敬仰伟大的领袖、伟大的党，热爱伟大的祖国和伟大的人民。记得从加入少先队的那一天起，立志听党的话，好好学习，好好工作，为人民服务，报答祖国。

　　我的小名叫"猪生"，于1952年12月20日（农历）出生，天刚蒙蒙亮，我母亲便顺利地把我生了下来，我——"猪生"即来到了人世间。听说当初我父母还以为又生了一个女孩，所以表情不是那么高兴，后来接生的大妈说是一个男孩，父母喜出望外，脸面笑容，父母亲都异口同声地说："我们有男孩子了，我们家有种了。"亲戚和四个姐姐都为有了一个小男孩而高兴。乡亲们都很同情父母，看到生了四个女孩后的父母终于生下一个男孩，都很高兴说："是呀，老天爷不能亏三叔三婶，要给他们生一个仔，守神位拜拜祖公，为三叔三婶传宗接代。"我的降生属于父母晚年得子，所以他们格外高兴。一个月后，我满月了，家里没有做满月酒，也没有钱买什么好菜，听说只煮了几碗黄砂糖稀饭，上供神台求保佑。

满月后的我，好像一个瘦小的猪仔，干巴巴的，与刚生下来差不多，养不大养不肥的，母亲常常含着泪自言自语，担心自己没有福分养男孩，邻居看到我这样瘦小，都议论纷纷，说恐怕三叔三婶没有生养男孩的福分吧。有的说这样干巴巴的能养大吗。父母看到听到，很为难也很着急。后经一些老人介绍和父母亲商量后，一天早上父母在天还没有亮的时候，偷偷地抱上我，带我到江平街上找牛四婆取名。牛四婆接着给我起了一个奶名，叫"猪生"。她说这个奶名很有福分的。于是父母暗地里高兴，千谢万谢牛四婆，并说来日带着猪生来感谢您老人家。

运作来头创世造，笑看尘世粉红沫；
久连根深祖护业，尔曾也享福成禄；
缉挥最后响炮声，众雄捧星前后拥；
小人志也不逞耐，祖氏福地现鹤飞；
高能护路一位高，唯后方知小人肚；
千万肆乱究不从，后枕高歌不夜天；
发挥令光意行事，儿围影气射四边；
唱戏不用排彩云，最响菜盘支银叉；
扶坐江山英雄汉，追尺挥鞭扫恶人；
间地辉煌呈祥腾，挥写曲谱高调唱；
顺创旋格风扉扉，唯心照耀程光呈；

欢笑喜迎庆功宴，位高燃炽四围边；
林害绊阻障枝垂，西向气旋入正堂；
再作著篇笔连贯，暗庄玄机没现露；
方行留心排斥至，起舞升平跳上台；
垒能固能摧不倒，偶怒拍案惩办非；
意能坚硬辉肆肆，连创佳职翠祥鸣；
到再正阳东升时，格能渗渗志再胜。

"猪生"这个奶名一直到今天村里人仍这样叫着，每当我听到"猪生"的称呼时备感亲切，就使我回想起了许多往事，好像又回到了儿时。

记得小时候一个月圆的夜晚，爷爷给我讲故事。他指着月亮对我说："月亮里有一棵桂花树，有个叫吴刚的人，被玉皇大帝惩罚，命令他要用斧头把桂花树砍倒了，才可以放他回家。可每次吴刚刚把桂花树砍倒，大树又长起来了，直至现在吴刚还无法回家。"

我问爷爷："吴刚真可怜呀！树总是砍不完的，为什么还要砍呢？"爷爷说要是他不继续砍的话，他就永远没有回家的希望了。

我听了，似懂非懂。

长大后，经历了人生的风风雨雨，我才逐渐地领会这其中的哲理。我相信世界上每一个民族，每一个角落，都会流传着类似的故事。也相信许多人从小都知道这个故事。从这个故事里，我看见的是人类永不放弃的精神，这就是人类经历了多少次劫难却仍然顽强存在的理由，这就是许多平凡的人们面临着种种打击却依然坚强面对的理由。

1958 年人民公社化，吃饭进入大饭堂，每餐"四菜一汤"，大鱼大肉，人们好像进入了人间天堂。我那时正当 6 岁，朦朦胧胧记得一点事了。记得那时候每天早上把我送去人民公社幼儿园，开始过集体生活，接受启蒙教育。在幼儿园里，我是一个好孩子，天天按时到园，在园里遵守纪律，听阿姨讲课，尊重老师，爱护公物，帮助同学，常常得到老师的表扬。不久我就被任为班长，人生第一次当上了"干部"。当"干部"后非常听话，也非常积极，老师叫干什么就干什么，甚至不叫也抢着干。记得春节前，我得了好几张奖状和不少的铅笔和写字本，也得了一些饼干糖果，同学们对我很尊重，园里一片赞扬声，同学们后来给我编了两首"打油诗"。其一是："班长头，偷饭球，偷了饭球，偷猪油。"其二是："地主公，像公公，天天做工，不得空。"同学们当时给我的二首"打油诗"说明天真烂漫的童年生活充满了乐趣，欢乐而没有虚伪的心态，幼小的心灵中就萌生出一种为人的坦率与真诚。现在，我们都已步入老人的行列了，不时聚在一起谈论童年趣事时都会感到是那么的亲切，那么的自然，那么的有味，有的同学眼角甚至还流淌着泪水。

1960 年，我国的经济遇到了前所未有的困难，京岛的幼儿园停办了，老师走了，我们也被迫走了，告别了天真烂漫的幼儿园生活。老师哭了，幼儿园的小朋友们哭了……

秋天，是美丽的，是大地铺满了金灿灿果实的季节。但在1960 年的秋天，看不到丰收的果实，也看不到人们丰收的喜悦，而是一片饥荒和挨饿的人们，大地也是灰蒙蒙的一片，人们天天挣扎在饥寒交迫的日子里。就是这一年的秋天，我用干柴似的幼小身躯，背起了母亲用一针一线缝制而成的小书包去上小学了。此后天天如此，月月如此，六年如一日，风风雨雨，从不间断。虽然身体瘦弱，个子矮小，但我很懂事，能帮家里干活了。每天早早起床，用手擦把脸后，便到牛栏把牛牵出，然后回家草草吃上几条小红薯，或糠巴饼，或芋头叶饼，或一些什么可吃的东西后，就上学去了，下午放学后放下书包又背起大箩筐去拾柴火、放牛，适逢涨潮水时到大海边捉鱼摸虾，帮父母做力所能及的家务事。6年小学，基本上年年是三好学生。在少先队里，当过小队长、中队长、大队长，年年成绩优秀，年年得奖，可以说，我小学的六年，在校长、老师、同学眼里可以算是一个"五分加绵羊"的学生。

六年的小学生活有许许多多的事历历在目，记忆犹新，永远忘不了，但在这里只举几件小事说说，那就是我的书包、红裤子、布鞋子，就是这几件东西，增强了我的初级觉悟，坚定了我好好读书、好好做事、勤俭持家、好好做人的信心和勇气。

我深深地记得，我背的书包是我母亲用几条烂衣服剪下来的旧布，洗干净再一针一线给我缝制的，五六种颜色，这个书包我整整背了6年，陪伴我读完小学。另外一件是我小学穿的第一条红裤子，也是母亲买来一块红布，一针一线给我缝制的。同学们看到我穿的红裤子、背的花书包都感到好奇，纷纷围着我看热闹，有的说红裤子是女孩子穿的，是否穿错了姐姐的裤子，有的说太羞了，男生背女生的书包，大家都在笑我，但我一点也不感到羞耻，因为我懂得这衣裤和书包虽然都比同学们的差，但这是我父母从血里挤出的奶，是我母亲用手一针一线给我缝制的，这不是简简单单的两件东西，而是父母的血汗。六年里，我从来没在街上买过一件像样的衣裤；6年里，我从来也没有买过一双鞋子。五年级那年，我四姨妈从上思带给我一双自己手工缝制的土布鞋，平时舍不得穿，下雨也穿不了，逢年过节上街入市才穿一下，直到小学毕业。

我虽然生在新中国，但少年时代尤其是读小学的年代，恰好遇到国家困难时期，没有粮食吃，我生来就骨瘦如柴，身体羸弱，灾荒年月更是雪上加霜。记得那两年都没喝上一碗像样的稀饭，一日三餐吃的是芭蕉心、山上挖回的金狗头和地里的红薯叶子，有时吃糠巴，甚至是芋头叶子。记得有好几次吃了糠巴连大便都拉不出，痛得哭爹喊娘，无法上学。吃了芋头叶子更惨，

"两头痒"，即嘴巴和屁股都痒。我就像一个久病不愈的小病夫，父母看到我常常痛哭流涕，往往向别人赊米给我煮粥喝。父母为我的身体倾注了全部，千方百计调理，让我能正常上学读书。

1962年冬天的一个晚上，风刮得很大，肚子也饿得很，姐姐带着我和弟弟在家门口等待父母带回吃的东西，但一直等到晚上九点多钟，父母才带回几个又细又小的生红薯，弟弟一看没有可吃的东西，便大声地哭闹起来。父母看到我们这几个骨瘦如柴的儿女，眼角泪水不断地涌流，我看到父母难过的情景，眼泪也禁不住地流，全家五口抱着一团痛哭了一场，好久弟弟才停住哭闹，父母这才引着我们走进那间又破又烂的茅草屋，父亲开始生火给我们煮红薯汤喝。

1963年春天，大概是三四月间，正是古人说"三黄四月"的时候，我们全家都四五天没能吃上一粒米了，天天吃的是粗糠加红薯叶子，确实一点力气都没有，我和弟弟连上学都没有力气了。一直等到第六天的晚上，父亲才带回生产队挑咸鱼到山区换回的几斤木薯才不至于饿死。直到1963年的下半年生活才慢慢地好转，可以有红薯稀粥喝了。尽管如此，我们都认为好多了，感到满足了。困难时期的遭遇，在我的童年里刻上了深深的烙印，至今难以忘怀。自从我担任政府干部，我常想"民以食为天"，解决人的温饱问题，让家家户户过上小康生活，让每一个青少年都能健康成长，有书读，这就是我的第一责任呀！就是这样的困难，这样的年代锻炼了我，铸造了我，使我坚定了读好书的信念，也使我在这小学的6年中年年成绩优秀，年年是班长，年年是少先队的小队长、中队长、大队长。正所谓"艰难困苦，玉汝于成。"

小学毕业了，我能否被录取读中学？这是一个谜，这个谜延续了一个多月，终于解开了。

青年篇

　　青年时代，应该是幸福、奋发向上、追求知识、学习知识的黄金时代，是身心逐步走向成熟的阶段，也是每一个人努力向上的阶段。但是，在大时代特有的背景下，进校读书，或者上高一级的学校，并不是人人有机会的。不是吗？我家祖祖辈辈就没有读书的命，从来没有人进过学校的大门。从爷爷奶奶到父母和几个姐姐，有哪一个人上过一天的学呢？没有，确实没有。按爷爷奶奶说的连稀粥都喝不上，一件像样的衣服都没有，哪敢想读书，更谈不上读中学的事了。中华人民共和国成立后，穷苦人家的孩子有机会读书了，但有的家庭孩子多，收入少，或天灾人祸，无法进校读书。

　　小学毕业后，能不能上中学，有没有钱读中学，这对我来说是一个谜，对父母来说则是面临的一个很大的问题。读中学是我的愿望，我想，有多大的困难都应克服，都要战胜，努力争取一切机会去读书。但对一个贫困潦倒、举步维艰的家庭来说，确实是难以承受的事。而且，加上当时小学毕业的学生很多，中学招收学生的名额有限，政治审查也很严格，看你家庭出身好不好，有没有海外关系，祖公三代、三姑六婆、左邻右舍是否有不轨行为，兄弟姐妹是否守法，总之要想读中学并非容易的事。左等右等、日盼夜盼，足足等待了两个月，最终有了结果。一天，村支部书记何永裕表哥拿来一张纸，笑眯眯地说："维生被江平中学录取了。"我听了很高兴，这下子可真的能读上中学了。这时，我看见老支书好像高大多了，身材魁梧得好像一个伟人一样。我不停地说："谢谢！谢谢!"其余的话哽咽在喉咙里说不出。当我从支书的手上接过录取通知书时，我哭了，不知道说什么好，只是流着泪，拿着通知书转过脸看着父母，发现他俩满脸忧愁和伤感，两眼的泪水，实在可怜也实在为难，再看看周围的亲属们时，绝大多数的人脸上堆满了笑意，也有满脸带着忧伤的人——那是我的四个姐姐和一个弟弟。

老支书说："你们苏家能读上中学的就是维生一个人呀，是大喜事、大好事，应该高兴，应该想办法克服困难去读。"周围的人也说："三叔三婶让猪生读中学吧。"老支书走了，周围的人们走了，父亲看了看，想了想说："按支书说的送猪生读中学吧，穷点难点也让猪生读书吧。"母亲点了点头，这个事就这样定下来了。

1966年9月，我正式到江平中学读书。江平与沥尾相隔8公里，当时，沥尾仍是一个孤岛，人们要去江平，海水涨潮时要坐船过海，没钱的要等海水退潮后涉水过海。上中学后的几个月，我们还能正常上课读书，但好景不长，"文化大革命"来了。

江平地处海岛边防，交通闭塞，所以"文化大革命"消息传到的时间晚了些，出去串联也迟了一点，加上我年纪小，个子小，还不懂多少事。

与老师们合影

我们到南宁串联迷了路，虽已过去几十年了，但每次到南宁都记起这件事。我们在南宁住了5天后，由于经费接不上，我们几个人便回到了钦州，原本打算在钦州多住几天的，但因我们嘴馋又想吃点鸡肉，便把一个星期的饭票三天内就吃完了，这样我们在钦州只住了三天便打道回校。在钦州时，我差点被汽车压死。事情是这样的，我们到钦州的第二天，刚从钦州中学出来，在马路边看到了几个又高又大又白又胖的东北女学生，大家都觉得长得很漂亮，我们几个人看得入神。有个同学感叹："以后找一个像这样的女人做老婆，八辈子都高兴"。有个同学更有趣地说："我读大学毕业以后去东北，取回东北媳妇改善我们本地人的身体基因，让我们的子孙也高大威猛起来，也让女人长胡子。"你一句我一言，一边走一边笑，还不时回过头看看远去的东北女子。大家都在痴痴沉醉于东北女子，过马路的时候，突然听到"嘟……嘟……"几声撕心裂肺的喇叭声，把我们吓呆了，清醒过来时，一辆大卡车就在我们身边咔嚓地停住了。路过的人都认为压死人了，过来围观，司机走下车见没事，狠狠地臭骂了我们一顿，便把车开走了。我们呆若木鸡，看看周围人群的各种表情，我们也无声无息地走了。

在钦州住了三天便匆忙赶回到学校。但老师走了，学生们也走了，过去学校里琅琅的读书声听不见了，学生们欢声笑语也听不到了。看到这些心酸得直流泪，感到无奈便卷好行李回家劳动去了。过了几个月中央发出了复课闹革命的通知，我们又回到了学校。3年初中我们几乎泡在轰轰烈烈的"文化大革命"之中，书读不成，草草结束了学业，就算是初中毕业了。

　　一个有志的青年要想走进大学的门槛，就必须要经过高中这一关。但那个年代要想读高中是很不容易的，它不但要有好成绩还要有清白的家庭历史，又要有生产队、大队给你一个回乡生产劳动的好鉴定，还要有熟人帮忙。所以，我当时紧紧抱着"一颗红心，两种准备"的思想，在回乡参加生产劳动的日日夜夜里，时时在努力，积极参加劳动，诚恳地接受贫下中农的再教育。初中毕业那阵子正是围海造地的高潮，当时，县里提出要"向海里要田，向海里要粮"的口号。东兴县委做出了"榕树头围垦工程"，要向海里要回2.5万亩土地，彻底解决东兴各族人民的粮食自给问题。县里发出通知要求各个公社、大队、生产队要组织民兵、群众上阵。于是我就报名参加了围垦大军，第二天便挑上坭箕，带上粮食和简单的行李跟着社员开赴工地。"食在工地、住在工地、劳动在工地"，不管白天黑夜，刮风下雨，一身汗水一身泥土不停地干，吃的是木薯粥和萝卜干，住的是稻草棚子，这一干就是两个月。有天下午刚收工回到工棚，远远就看见弟弟来了，一见到我高兴地说："哥，你得读高中了，大队支书通知你回去读书。"这下子我高兴极了，便向队长请假回家读书。回家的路上，我一边走一边想，能"念高中"是我两个月来辛勤劳动的回报还是自己有读书命呢？一路上想了许许多多。想到了现在父母亲心情如何？他们能否继续送我读书？他们又去哪里借钱给我上学？又想到我今后应怎样读书？读完高中能否上大学？能否当工人？当干部？

脑子想个不停，像雪花一样飘飘散散，脑子里、心里简直都乱套了，像一团乱麻。

最终，我想通了，这几种因果关系都会同时并存，也相信我的父母会想尽一切办法给我读高中的，今后我一定会有出息的。果真第一、第二个想法都与事实相符了。当我回到家，一眼看到父母的脸上带着忧愁，也透出丝丝的笑意。接着父亲对我说："这两个月的劳动村里的人都说，你小小年纪，志气大，干劲足，诚恳接受贫下中农再教育得好，所以村里讨论，大家都推荐你读高中，你应该好好感谢贫下中农，感谢大队干部，克服困难把书读好，以后回来为大家好好做事。"父母亲又借钱给我上了高中读书。面前这一幕，思绪万千。我暗暗地下决心，读完高中要读大学，要当干部；如果当不成干部，争取能当上一名养路工人。只要有工资领，能养家糊口，把爸爸妈妈的晚年照顾好就好了。俗话说"不会感谢也会感恩"呀。

读高中的两年里，正像我意料中的一样，虽然能比较正常上课，读到一点课本上的东西，但"文化大革命"初期那种动乱、那种到处是大字报、大标语，那种批斗"臭老九"的情况依然存在，依然困扰着我们读书，老师仍然是心有余悸不敢教书，而我读书的生活更艰苦了。因为父母亲年纪都大了，四姐又出嫁了，弟弟年纪小劳动力不足，加上生产队的工分挣的钱很少，很难供我的生活。我每天都吃红薯粥、红薯饭，没有钱买菜吃，饭堂里仅需1分钱的青菜也吃不上，每个月每个学生要交1元钱的柴火费也没钱交，逼得没办法，便和同样经济困难的同学结队上山砍柴，有时因肚子饿无法把柴挑回来，便把柴火搁在半路上，回学校吃完粥后又再去把柴挑回来。当时，饭堂的叶福华师傅看在眼里疼在心头，对我说："猪生，我看你也难，你就不用交柴火费和上山砍柴了，除上课以外就到厨房帮我挑水劈柴蒸饭吧。"这样，我就同吴全华同学早中晚帮厨房干活。虽然，在厨房打扫卫生蒸饭挑水劈柴很辛苦，但可以免交两年的柴火费，避免了上山打柴的痛苦。两年的高中生活，我遇到了很多困难，这些困难和问题不能一一列举，只把几件至今难以忘却的小事说出来，让大家听听。

一斤沙虫干。有一个星期天，家里没有米给我带去学校，母亲含着泪水把她一个星期挖来的一斤沙虫干交给我，让我带去市场卖了钱去买米。我被逼着带去市场卖，当时已是下午三点多钟了，市场上的人已逐渐稀少了，加上我有点害羞不敢开口叫卖，在菜市场的一个角落足足站立了两个多小时，左看右看，心急如焚。过了很久很久，有一位妇女走过来问我："哥仔，你的沙虫干卖多少钱一斤呀？"我羞答答地小声地回答说："一元五角。"她说："一元三角一斤卖吗？"我看看她又看看太阳，这时太阳也快要下山了，我肚子饿得咕咕地响，便把沙虫干卖给了她，我拿到钱后不管三七二十一，一路快跑到粮所买了七斤米，又一路小跑到了学校。这样，便解决了我一周的肚子问题。

四条黄鱼。记得上高一的一天，因为涨潮期不合适，渔船也都出海了，星期六搭不上船回家，所以几天都是用盐水下饭。星期四中午下课时，远远看见我四姐站立在木棉树下，我赶紧走过去，姐姐将用芭蕉叶子包的菜递给我说："弟弟，昨天拉网分得四条黄鱼仔，我们都舍不得吃，妈叫我带来给你下饭并让你好好读书。"一听到姐这番话，我哭了，姐也哭了，姐弟俩就这样流着泪水伫立在木棉树下足足有五分钟。姐说："弟，姐回家了。"便转身就走了。看到姐姐远去的背影我思绪万千，我深深感受到父母的慈爱，姐弟的情谊，这是多么的情深意厚呀！就是这几条黄鱼，解决了我半个星期的下饭菜，更让我记了一辈子。

三个红薯。有一天，学校组织学生到东兴参加一个万人大会，要求午餐自备。但我没有钱，只好把三个红薯在前一天晚上蒸好，第二天早上6点钟就带上后和同学们一起出发。整整5个小时的步行，中午12点才到了东兴，脚起了很多水泡，身体也感到很累，但仍坚持参加大会。大会结束后同学们都到饭店吃粉去了，唯独我蹲在老师指定休息的地方吃我带去的红薯，边吃边觉得我太苦了，连两毛钱的米粉都吃不上，不知不觉眼泪簌簌往下流。下午3点钟我往回走，直到晚上9点钟才回到了学校。

一只鸡蛋。读高中二年级的某一个星期天，我同高一班学生吴永才涉水过了海（已退潮）。刚上岸，他把带去卖的小母鸡放在小网兜挂在小树上，刚好有几个小孩子路过，大声说斑鸠生蛋啦！我们一看，果然小母鸡生了一只蛋，我们两人高兴极了，约定把鸡蛋带回学校煮汤下饭吃。这样，我们两个人一路笑，一路小跑，走了一个小时到了学校，什么也不想，放下米袋子便跑到学校的菜地偷了一把韭菜，煮了两大碗汤，我们两人都觉得在学校吃得最香和最饱的就是这顿晚饭了。

县长请客。读高中一年级的时候，有一天学校组织到东兴观看展览，中午我准备拿身上唯一的两角钱去吃粉的时候，高二班的老乡李永辉见到我，便拉着我的手说："到我家吃饭。"我感到害怕不敢去，因为他父亲是副县长（当时改为革委会副主任），是我们村也是我们京族，更是东兴籍人最大的官，他箩筐大的字也识不了几个，后来一边工作一边学文化也认得一些字，报纸也慢慢能看懂了。在李永辉半拉半拽下到了县政府大院。他父亲住在一间大约15平方米的房子里，房里摆着一张木板床、一张桌子、一张四方凳子，墙角边放有一个装肥皂的木箱，很简陋。厨房大约8平方米，一个铁锅、一个锑煲、一张小圆饭桌、四张小方凳。县长和他爱人见到我来，他们很高兴、很亲热地说："维生，欢迎你来家里吃饭。"我感到有些害羞，小声说："谢谢。"他父亲亲手下厨，给我们搞了一道石斑鱼煲南粉丝、一道红焖豆腐和一碟青菜，然后与我一起吃饭。他边叫我吃饱，边夹菜给我，并勉励我好好读书。当我吃完饭准备离开时，我说："谢谢你，县长。"县长说："没事，有空再来。"我感动得流泪了。一路上我想得很多，一个副县长这么大的干部，生活那样的简单，那样的简朴，态度那样的和蔼可亲，这餐饭现在看来很简单，也很一般，但对于那时的我来说很不一般。

这几件事虽然很小，在我的一生中算不上什么，但确实在我心里留下了深深的烙印，永远忘记不了。

1998年是江平中学建校五十周年纪念日。学校举行了隆重的校庆，我回到母校并代表校友在会上做了一篇热情洋溢的讲话。我说："老师们、校友们、同学们，在我们母校五十年生日的时刻，我们都从四面八方地赶回来了，让我们以热烈的掌声和真诚地祝福母校五十岁生日，并向老师们说一声'谢谢'！（全校雷鸣般的掌声）。母校，五十年颠颠簸簸地走来，又迎着时代的钟声风风雨雨走去。在母校五十年庆典的今天，谁不想回来看一看哺育我们成人的母校？谁不想回来拥抱一下我们最尊敬的老师？谁不想回来与我们曾同窗共读的同学聚一聚？谁不想回来看一看惦念了多年的老校友？我想，作为江平中学的学子们没有一个不想回来的。其实，今天大家都回来了（全场一片哭声）……"最后我说："在这五十年的欢庆中有笑声也有泪水，让我们大家共同伴着这甜美的笑声和高兴的热泪，祝愿母校有更加灿烂美好的未来，取得更加辉煌的成绩！并祝老师们、校友们前途似锦、快乐幸福!"

"大种乞丐"是我们海岛人过去为生活所逼的一种换回生活、生产用品的自救办法,即每年都要挑着腌制的咸鱼到山区换取粮食。1971 年 7 月高中毕业,我又一次怀着"一颗红心,两手准备"的雄心壮志回到了农村,参加生产劳动并接受贫下中农的再教育。我记得我在毕业班会上讲过的一段豪言壮语:"高中毕业了,我要带着在学校学到的知识回到农村,积极参加农村农业生产建设,在农村锻炼自我,改造自我,虚心地向贫下中农学习,诚恳地接受贫下中农的再教育,做一个合格的共青团员。"话虽然是这样说,但心里并没有那么去想,我仍然想踏入大学的校门,做一个大学生。所以,当时的我,心情是痛苦和矛盾的,思想斗争是复杂的,好几个夜晚不能入睡,我整天整夜地想,难道我的理想就这样被淹没了吗?我的知识就这样被埋没了吗?就没有一点出息了吗?做大事的机会就熄灭了吗?我的读书命就到此结束了吗?这样不就和农友们干一辈子农活,整天"面朝黄土背朝天"了吗……但我想,不会的,绝对不会的,命运也不会这样玩弄我的。所以,我横下一条心在农村里好好苦干几个月,给社员们,也给村里的干部留下一个好印象,争取日后有个好去向,逃脱祖祖辈辈"日出而作,日落而息"的命运。下定决心以后,我找到了队长请求队长安排我做工。我说:"队长,我高中毕业回乡接受贫下中农的再教育了,请你多多帮助和教育,我会把你安排的活干好的,决不丢你老人家的脸面,请你放心。"队长听了很高兴,他说:"好吧,今晚你就跟渔船出海捕鱼吧。"我一听到出海,心想这下子糟了,我虽然生在大海边,长在大海边,可我连木船都没有上过,这下不晕死我吗。我犹豫了一下,但仍装着没事的样子说:"队长,我坚决服从安排。"队长高兴了,我回家了拿两件衣服就跟渔民出海打鱼。大船从启航开始我头就开始晕了，船越往深海开去头越晕，直到晕倒在船板上。头总是昏昏沉沉的，天也好像在颠三倒四的，吃不下饭睡不着觉，整整三天三夜蜷缩在一张烂棉被窝里。船长看我这么可怜，便在第四天早上送我回来，回到家睡了一整天后头脑才清醒过来。这可真是一次生死搏斗和锻炼。从那以后，我再也不敢提出海捕鱼的事了。回想海上那 3 个昼夜的生活，对于我来说，是一次大的生活锻炼，亲身体验到了船上人家的真切生活，体会到了在风口浪尖上的艰辛和危险，当你看到船顺风而行乘风破浪地前进的时候，心胸是那么开阔，心情是那么激动不已；但当你看到小船在茫茫的大海中飘浮的时候，小船在强烈震动和翻腾，你就会感到那是多么的可怕和危险，你就朦朦胧胧地想到你可能在一瞬间就葬送于鱼腹之中，葬身于大海。次日，队长见我确实不能出海捕鱼，便安排我挑咸鱼到山区换玉米和木薯。这个活，正像人们说的"大种乞丐"。第一次做"大种乞丐"是高中毕业后的第十五天，我同村里 7 个社员每人挑着一担咸鱼，扁担上挂着一杆秤，光着脚板，头顶着烈日到东兴的长山村、楠木山村，挨村串户地叫卖"咸鱼换玉米"，比卖货郎还要苦还要羞。一出去就连续工作了 6 天。当第六天我把咸鱼挑到楠木山小学时，老师们看到我可怜巴巴的样子，便不停地给我水喝并引来附近的群众，总算把我一担咸鱼换成了一担满满的玉米，我很感谢这里的老师和这里的老百姓，连声说谢谢你们！谢谢你们！5 年后的 1976 年，我参加了钦州地委农村毛泽东思想宣传工作队进驻楠木山村，恰好又住在村的学校里。开初，有的老师和附近的群众问我："苏同志，你是哪里人，我们好像在哪里见过你，面好熟呀。"当时我不好意思说曾在这里做过"大种乞丐"的事，后来，问多了我才把 5 年前在这里做"大种乞丐"的事一五一十讲出来，大家都哈哈大笑。

第二次做"大种乞丐"是在 10 月下旬，队长又派了梁能坤副队长等 10 个社员开了一条船，装了约 5000 斤的咸鱼到防城一带换玉米和木薯。船一靠防城盐埠码头，就三两成群分头挑着咸鱼去换玉米和木薯了。连续换了 5 天，个个晒黑得像头水牛，脸上、肩膀上掉了一层皮，像还没有刮完的鲨鱼皮。有的肩膀肿了，还有的大腿肿得像大水桶似的，晚上躺在船板上直叫痛、叫苦。有一天，我同民兵排长黄玉芳同去，不知不觉去到了滩营乡那屋背村（后来才知道村名的），几天的疲劳加上那天太阳又大，肚子又饿，口又渴，等到了下午换完玉米，更是饿得整个身子都软得像散了架一样。稍坐了一会，我们俩商量一下，想找一户人家讨一点米粥汤喝，谁想到运气那么好，老天爷也不想让我们饿坏身体。当我们俩走到附近的一户人家时，碰到一位好心的中年妇女，我们便问："大姐家里有米汤吗？我们渴了，想喝口水。"这位中年妇女说有，便领我俩到屋里，说："哥仔，你们辛苦了，这里有饭、也有粥，也有猪肉煲黄豆，你们好好坐下来吃了再走。"我俩回答说："大姐，我们不饿只是口渴。"等她走出屋外时，我们看到满满的一大碗黄豆煲猪脚和一碗猪肉炒竹笋口水直流，但谁也不敢动，只是像土话说的"肚饿装口渴"罢了。两人狼吞虎咽喝了三大碗米汤粥，谢完这位好心的妇女，我们又挑上沉沉的担子往回赶路了。这"三碗米汤"给我留下了深深的印象，我常常想，若我有机会一定要感恩、感谢这位农村妇女。我大学毕业后的 1975 年，我出差回防城，第二天借了一辆自行车到了那屋背村寻找那位妇女，想当面谢她并支援他们生产队一台手扶拖拉机的，可找了半天都没有找到，遗憾了一辈子。

当吃完晚饭已是 10 点多钟了，船长说过半个小时就驾船回

去，11 点钟开船，大约凌晨一点多钟，船驶到了老鼠墩，突然听到"碰"一声巨响船撞礁了，刹那间整条船半侧躺在礁石上。当时海水正逢退潮，水的流速很猛，船舱不停地涌入海水，这时船长一边哭一边指挥我们堵住入水口，但夜黑得伸手不见五指，船舱里又堆满了玉米和红薯无从下手。队长焦急地说："杜三狗，你马上下海看看船底在哪里被撞破了。"但杜三狗说他不懂水性，硬不下水检查。这时，船长急了，呜呜大哭，边哭边叫我下海。我害怕了，我想说我不会水性。天又黑，水又有点凉，如果下去有可能找到船的破洞，堵上后可保住船和船上人的安全，但弄得不好我身体会受到很大的伤害，头破血流甚至葬身于鱼腹之中。但看到船长无奈大声号哭那个样子，实在可怜，让我不能再有半点犹豫，便马上提出下水，请船长用一条绳子绑着我的腰，到时我动动绳子的时候把我拉起来。队长当即拿一条长长的绳子拦腰绑着我。就把我像一只小青蛙一样抛入海中。天气很冷了，水也很冷，我忍受着寒冷绕着船摸了一

夕照下的老鼠墩

圈，终于把船碰礁处摸清了。我赶紧拉拉绳子，船上的人便把我拖上了船。当船上的人把我拉上船板时，我全身已被贝壳割得满身是伤，伤痕累累血迹斑斑，冷得直打哆嗦，话都讲不出来。经过一番的堵漏，最后终于把船的破口堵住了。

第二天，天刚蒙蒙亮，我往下一看，妈呀！小船歪歪斜斜躺在大礁石上。好惊险！如果昨晚不采取果断措施处理，船即要沉下海底，我们这几天的收获将付诸东流。

回乡短短3个多月的农村生活，虽然时间不长，对于生长在农村的我来说不算什么，在人的一生中也不算得什么，但确实让我感受到，当一个农民太辛苦了，太艰难了。尤其做"大种乞丐"的活，感觉太羞人了。自回到防城港工作后，每一次看到老鼠墩我都热泪盈眶，情不自禁回忆往事，尤其在西湾海域做清理的日日夜夜，每看到老鼠墩，鼻子一酸眼泪就流个不停。

1971年10月下旬，广西医学院招生的老师来了，接着广西民族学院招生的老师也来了。医学院的老师问我，是否想从事医学工作，如果愿意的话，正式录取你为广西医学院的学员。我说，我从小一看到血都有点头昏，可能学习出来后很难胜任医学工作，但请老师给我几天时间，考虑后再答复。老师们答应了我的请求。

过了几天，我还没有来得及答复医学院老师时，广西民族学院的招生老师又找到我，征求我意见说："你是京族，又是应届高中毕业生，我们想正式录取你为广西民族学院外语系越南语专业的学生。"我高兴极了，即时答应了老师。招生老师也很高兴地说："就这样定了，等我们回到学校以后，大约在11月上旬发出录取入学通知书，中旬入校。"

没过几天，中央民族学院的军代表刘旭业和招生的覃老师来了。他们问寒问暖，了解了我家的基本情况后，指定要录取我为中央民族学院的第一批工农兵大学生，并征求我父母的意见。我们都异口同声地说没有意见。我接着说："感谢党，感谢毛主席，感谢老师对我及京族人民的关心和关爱，使我成为沥尾京族第一位大学生。"刘军代表、覃老师他们向我们说了一些安慰的话后便要走了。我们一直把他们送到村口，送到他们坐上回江平的小船后才回家。

从这以后一段时间，村里、家里的人都在纷纷称赞，岛上的亲戚、同学、朋友，岛外的同学、校友都纷纷而来，表示祝贺。尤其村里的女青年们更是羡慕不已，都说我有读书命，说我有本事。有几个小姑娘大声开玩笑地说"等你毕业回来，我嫁给你"；有的说"我现在就愿意当你的老婆，在家劳动照顾你父母一辈子"，有的女青年开玩笑说"我在家里做工寄钱给你读大学，毕业后娶我做老婆就得了"等等。总之，村里一片沸腾，一片热闹。而家里的两位老人迎来送往亲戚之余，也确实感到送一个孩子上大学是不容易的，是要花很多钱才能读完大学的，所以为了筹钱给我读书，头发都好像白了好多，脸上的皱纹也添了许多。尤其父亲那古铜色的脸上，多添了几分忧愁，几分疲倦，几天来，他老了许多，许多……

一天中午，刚喝了两碗木薯糊糊，我的上眼皮跳个不停。我想，今天肯定有好事了。我朦朦胧胧地合上眼睛，梦想今后进大学怎样读书，毕业后又如何工作等一些杂七杂八的事情。在迷迷糊糊中好像听到有人隐隐约约地喊："维生，在家吗？你已被中央民族学院录取了"。我一下子惊醒过来，赶紧打开大门，看见老支书拿着一个信封站在大门口，高兴地对我说："维生，你已被录取上大学了，祝贺你呀。"我接过信打开一看，上面工工整整地写着：

录取通知书

苏维生同学：

经学院党委研究同意，录取你为本院政治系学员。请接到通知后于十一月十九日到本院报到。

中央民族学院革委会
一九七一年十一月十日

看完录取通知书，我把它紧紧捂在胸口，高兴得什么话也说不出来，只觉得眼泪止不住地流。老支书说："你是我们京族的第一个大学生，以后要好好读书，用优异的成绩来感谢党，感谢毛主席，别的什么也不说了，这两天简单准备一下，大后天一早县人武部杨锦华副政委派小车亲自到潭吉接你。"说完便走了。

我手捧着录取通知书，感觉到很沉，也很烫手，看到爸爸妈妈和乡亲朋友们有的在笑，有的在哭。而这时，我感觉到，他们不管是笑，还是哭，其实他们的心情都是高兴的、无比喜悦的。

那两天忙个不停，亲友们又请吃喝，自己又要探亲访友，又要准备简单的行装。晚上爸爸、妈妈唠叨个不停，说这说那，总是放心不下我出远门，嘱咐我怎么读书，怎样做人，要懂事，不打架，不惹事等等。

第三天一早，天刚蒙蒙亮，我吃过稀粥，爸爸妈妈和亲戚来送我，我带上了简单的行李，在乡亲们的簇拥下，一片欢声笑语，一路歌声离开了小岛，踏上了上北京的路。刚好那天，沥尾海堤合拢断流，不用脱鞋光着脚板涉水过海了。上到潭吉的海岸边，东兴县（现已为东兴市）革委派来的小车早已在此等候了，我跟爸爸、妈妈及乡亲们说笑一阵后便上车走了。小车一路飞奔，一路尘土飞扬，这是我人生中第一次坐上小车，享受着"干部"的待遇。我记得以前我们几个同学上学，见到这辆小车在潭吉三角边停放着，我们几个感到好奇上去摸了摸，就被司机梁兴余破口大骂："你们这几个小鬼，你们手咸不要把小车摸生锈了。"并用一个小鞭子赶我们走。一个小时后我到了东兴县革委会大院。在县里受到了党政军领导的热情接待，得到了县民政局、教育局、民族科等有关部门的关怀和照顾，他们给我送来棉衣棉裤等生活用品和补助金。这是我人生中第一次受到这样高的待遇，高兴得哭了。

在东兴县城逗留了短暂的一天后，第三天县革委和有关部门领导把我们送上了去南宁的班车。当时同车去中央民族学院读书的有吴全华同学，他是巫头村人，在初中、高中，我们俩曾在一个班，同住一个学生宿舍，同窗共读，相处了五年，是我最要好的同学。这次上大学我们两个又在一起，感到特别的高兴。车上我们两个人的话也特别的多，常常打断了车上旅客的话题。不知不觉下午我们到了南宁，已经在车站等候我们的区民委领导热情地把我们带到了南宁饭店。住下当晚，区民委领导请我们广西到中央民族学院读书的十五名同学一起吃了晚饭。第二天区民委的领导到南宁饭店看望了我们，并传达了时任广西省委第一书记韦国清同志的指示，要求我们"文化大革命"后第一批上中央民族学院的学生们，不要辜负广西各族人民的希望，一定要好好读书，毕业后回来为广西人民做事。我们听了很受教育和鼓舞，个个都积极发言表决心，表示要刻苦学习，争取优良的成绩，回来为广西做事，多做贡献。

第三天，在区民委黄处长的带领下我们乘上了南宁到北京的列车。在车上，我们都不睡觉，也睡不着觉，眼睛一直往窗外看，都想更多地领略到祖国的大好河山，看清楚我们的母亲河——黄河、长江，看清楚辽阔的华北平原和内地的社会主义建设热潮。坐了两天两夜的火车，我们终于来到了盼望已久的首都北京。当我们走出北京站时，已在那里等候多时的老师们列队迎接，军代表刘旭业、覃老师走过来，与我们紧紧握手并热情拥抱，像久别重逢的战友。在去学校的车上，同学们心情都很激动。因为，我们这批同学都是来自广西少数民族偏远地区的，也是第一次到北京，尤其好奇、尤其高兴。一到学院门口，"中央民族学院"六个大字镶嵌在大门边上，让我眼前一亮。两条长龙似的以老师和先到的学生组成的欢迎队伍，手持着鲜花，高声地呼喊着"欢迎！欢迎！热烈欢迎第一批工农兵学员进大学、管大学"的口号。看到欢迎队伍里的一张张笑脸、一束束涌动的鲜花、一声声欢呼，顿时感到我们能上北京读书的幸运，感到党的民族政策的温暖，感到我们民族大家庭的温暖。

40 周年同学会

　　欢迎仪式结束后，系指导员、党支部书记白振声老师安顿好我们的住房，接着院党委书记、院长李力（原名李善修）带着院系领导来看望我们，问寒问暖。不一会学院后勤处给我们每人送来了棉被、棉衣、棉裤、棉鞋等生活用品，无微不至，照顾得比家里还周到。不久我们进行考试分班，我考得不错被分在第一班，同去的吴全华也在同一班。这样，我们两个人5年初、高中同班、同住的生活又将在大学再沿袭3年。我们班一共29个同学，其中有6个女同学。29个同学来自十二个省，有赫哲族、朝鲜族、蒙古族、黎族、瑶族、京族、壮族、布依族、藏族、苗族、土家族、畲族等12个民族。除了我们几个应届高中毕业的以外，有的已参加工作多年，有的已经结婚生子，年龄最小的19岁，大的有32岁。这样，我们29个同学同窗共读了3年的书，过着艰苦而又很充实、很友爱、奔放、奋发的大学生活。

　　3年大学中，我克服了生活上、学习上许许多多的困难。期间除了学校每月补助19.5元的生活费外，家里共给我寄来60元钱，堂哥苏维芬也给我寄来5元钱，上思姨婆寄来5元钱，在老家开东方红拖拉机生活还很困难的侄子苏明芳也给我寄了5元钱。生活很清贫，除了买牙膏和学习用品外无法再有零用钱。3年中也未添过一件新衣服，冬天穿的是学校发的棉衣、棉裤、棉鞋、棉帽，夏天就穿在家里带去的两件旧衫衣和堂哥给的一双部队凉鞋。星期天同学们去逛街，我只能待在宿舍看书，院、系组织春游我无钱交只能装病躲在床上，寒、暑假同学们回家，我只能和几个比较困难的同学去学校农场果园帮助做工。

　　在大学里，我虽然经济困难，但我有志气，一心一意把书读好。我很珍惜这个民族大家庭的生活，很听老师的话，与同学们相处得很好，团结友爱互相帮助。老师和领导都很关爱我，同学们也很尊重我，常常跟我交流学习和生活的事。我作为京族代表经常参加一些大的社会活动和接待外宾的事务，曾参加过西哈努克亲王、宾努亲王、班达奈克夫人和美国、朝鲜、越南高级访问团的接待工作，也曾受到中央和国家领导人的接见。

在大学里，党组织也很关心我，记得将要结束学业前，即1974年3月正式加入了中国共产党，实现了我人生中政治上的第一个理想。从那时起，我更加从严要求自己，自觉接受党的教育，遵守党的纪律，刻苦学习，认真践行党的宗旨，为人民服务，为共产主义事业奋斗。

在大学里，曾有机会到农村、工厂、矿山、集贸市场、农场参观、考察，锻炼了自己，增长了知识。记得第一次是由国家民委组织的少数民族学习参观团赴山西省昔阳县大寨人民公社参观学习，看到大寨人民艰苦奋斗，治理七沟八梁一面坡的动人场面，听了时任大寨党支部书记、昔阳县委书记陈永贵同志3个小时的报告。之后，到了阳泉煤矿下井体验生活。前后在山西待了一个星期，考察了农村、工厂、矿山，对中国人民的生存环境，自力更生艰苦奋斗的精神加深了理解。

1972年春节，到了河北省遵化县（现已为遵化市）西里铺人民公社黄国潘村（过去人称四条毛驴）参加社会实践。刚好第二天是大年三十，在公社饭堂过了春节。年三十的年饭，没有放鞭炮，没有白切鸡，也没有大鱼大肉，每人只分得10个饺子、一碗玉米糊、一碗大白菜汤，我们南方来的同学看到面前的年夜饭，个个都皱着眉头，想到家里年夜饭的情景。但我们每个同学都能把这顿饭吃完，体验了在北方过的第一个春节，也了解到北方农村生活的简朴与清贫。

在农村，我们白天参加劳动和进行农业调查，晚上上课和讨论。我们没有住在招待所，都分别与农民兄弟同住。北方农村的房子很小，一家人多则两个土炕，少则一个。他们一家人住一个，我们五六个同学共住一个，土炕是用玉米秆和麦秆烧的，很暖和。晚上没有水洗脚，只好用干毛巾擦擦就上炕睡觉。两个土炕中间拉着一条布帘，谁也不敢讲话，喘气声也特别小，生怕人家听见。这种"白天吃窝窝头，晚上睡土炕头"的生活，让我感到既新鲜好奇，又略有遗憾。生活难道不应更精彩吗？在西铺，我们前后呆了10天，写了一篇30页纸的调查报告，勾画和描绘了西铺人民在党的领导下，如何战天斗地改造穷山恶水，把一直穷得叮当响的西铺变了样，使人民生活一天一天好起来的动人事迹。

1973年7月，我们政治系又分若干个小组分赴北京市郊区农村、工厂、市场、学校进行社会调查。我们这一小组由7人组成，到海淀区海淀菜市场进行市场的购销调查。经过与附近的菜农、市民的广泛交流，实地察看了市场的交易情况，掌握了典型材料，我们组写出了一篇名为《卖鲜不卖粘》的调查报告。报道了海淀菜市场党委是如何带领一班人，深入实际运作市场、经营市场、管理市场，使菜市场扭亏为盈，进入全市菜市场先进行列的。这个调查报告后来在院刊、海淀报、北京日报都登载了，反响很好。

大学的3年中，在课堂我们学习到了书本中的许多理论，在社会调查实践中我们更学到了许多知识，这些收获为我们毕业后走上工作岗位奠定了良好的基础。但在学校的3年里，也有几件我永远不会忘记的事。第一件事是我第一次到北京坐汽车时，看到很多烧锅炉的烟囱，我认为是工厂里的烟囱，便对旁边的同学说北京的工厂真多，到处都烟囱林立的。同学们都哈哈大笑地说你真是个乡巴佬进城了，这些哪里是工厂的烟囱呀，这是单位烧热气的烟囱，不是工厂。我害羞得脸都发红了。第二件事是当汽车开到学院门口时，见到学院附近地里种了很多麦子，刚刚吐出几片小叶子，我认为是韭菜，又对同学们说北京种的韭菜真多，同学们又是一个个抱腹大笑。他们说这不是韭菜而是冬小麦，我又是羞得脸发红。

从这两件小事来看，我确实是一个彻头彻尾的南方乡巴佬，是一个对北方风土人情和生产生活一点也不了解的十足海佬。但从这一点也可以说明，我有初生牛犊不怕虎的品质，它迫使我去注意和体验北方生活，并不断加深了解，不断求知，不断学习。从那两件事后，我加倍小心，凡不懂不知的事先来听一听周围同学们的意见和看法，然后才发表自己见解，避免闹出更多的笑话。

还有三件生活小事也使我感到内疚和难以忘怀。1973年暑假，吴全华同学回家看望病重的母亲，不几天要上课了仍不见他回来，老师和班长都很急，多次叫我给他打电报，但我没办法打，因为我身无分文。三天过去了吴同学还没有回校，我焦急地东拼西凑，好不容易凑到三角五分钱，便一路小跑到双榆树邮电所填单打电报。过了一会，营业员说："同志，你打的电报钱是五角三分。"这下子我愣住了，我想，身上只有三角五分钱，哪里有五角三分钱呀。情急生智，我很机灵地装着摸了摸裤袋，又装着摸了摸上衣口袋，说："哎呀，我的钱不见了，麻烦您先放好单子我回去拿钱再来吧。"我一转脸又一路小跑回到学校。这个电报就仅仅少了一角八分钱就无法发送。回去后，一直不敢给老师和班长讲，等吴同学回来后我才说给他听。

1973年春天，我们系组织学生到长城春游，除学校派车和发给每人两个面包和一个鸡蛋外，每个同学还要交一元钱照相和买水费用。我身上无法找到一元钱，也不好意思向同学们借，我只好借口说，肚子痛去不了，要请假。就是一元钱，使我在北京三年都无法登上长城。"不到长城非好汉"，我是"钱少非好汉"，只能"望城兴叹"。直到过了 13 年后的 1987 年，我才有机会重去北京登上长城，做了一会"好汉"。那次没有钱去长城的同学中还有湖南籍土家族彭志友同学。记得那天，我们俩各自拿着两个面包、一个鸡蛋步行到西郊青年运河边玩，我们俩坐在河边一边啃着面包一边回忆人生，讲到家庭生活的困难，谈到我们俩连一元钱都交不起去不了长城时，都感到很痛苦、很难过，然后泣不成声。后来，当我们谈论到作为一个农村的乡巴佬，作为一个贫苦农民的儿子，能上北京读大学，圆了我们世世代代的大学梦时，我们就觉得无比光荣，觉得父母慈祥伟大，感到党的伟大，感到祖国的温暖和民族大家庭的幸福。我们俩又大声地笑开了。笑得那样开心，那样激动，那样灿烂，好像青年运河的两岸都回荡着我俩的笑声。

1973 年国庆节，我们学院全体师生参加北京市的国庆游园活动，地点是中山公园和劳动人民文化宫。那天我们早上 6 点钟就带上学校给我们发放的干粮乘上大班车，在文化宫后门等候，上午 10 点正开始游园。下午游园结束后，我和 5 个同班要好的同学林相镐（朝鲜族）、吴建义（苗族）、赵家礼（云南壮族）、和光益（怒族）、彭志友（土家族）向系主任请假逛北京城。吃完干粮后，我们来到天安门红墙边的几棵槐树下，开始吟诗作对，玩得很开心，不知不觉几个小时过去了，觉得行人慢慢地少了，车子也少了，我们周围的人也不知什么时候离去了。林相镐同学看了看手表已是晚上 11 点多了，就说不玩了我们走吧。这样，我们各自背上自己的书包准备乘车时，大家掏口袋加起来不足五角钱，无法乘车。我们 5 个人只好步行回校，天安门离我们学院 12 公里，这样我们一边说一边笑一边唱，足足走了 3 个小时，凌晨 3 点钟才回到学校，院里的老师同学不见我们回校，认为出了什么事到处找，第二天被班主任和系领导狠狠地批评了一顿，又要写检讨并在班里做了深刻的检查。

1974 年 9 月，离我们本届毕业的时间只剩下两个月了，何去何从？这是我们人生的第一个选择，也是一次大的忧虑。这是近几个月我们每个同学都在思考的一个重要问题。最终，我也像其他同学一样在毕业分配的志愿书上填写上"党的需要是我最大的志愿，要求到基层去，到祖国最需要的地方去，到最艰苦的地方去，但最想回到家乡的县里工作"。学院在 9 月上旬召开了毕业动员大会，院党委书记、院主任在讲话中要求每一位毕业的学生，要正确对待自己，正确对待工作分配，我们作为一名工农兵大学生，党的需要是你们最大的志愿。尤其是大学毕业生中的共产党员，要时刻服从党和人民的需要，到最艰苦的地方去，到祖国最需要的地方去，我们共产党员就像一块砖，哪里需要往哪里搬。在你们毕业生中可能有少部分留校，大部分的同学将回到你们各自所在的省（自治区）、市、县去工作。留校的同学和我们一起管理学校，教书育人；回到家乡工作的同学，要好好工作，把家乡建设好，不要辜负党和人民的希望。

毕业动员会后几天，院领导、系领导、班主任分别找我们谈话。据院领导透露，我们班的 29 个学生中留校 5 人，广西的也要留 5 人，两个 5 人中我占一名。第一个找我谈话的领导是军代表刘旭业，他开门见山地说院系领导要我留校，因为作为全国仅此一所的少数民族大学，老师和领导中没有京族，请我安心留下来，并讲了很多的话动员我一定要留校、留在北京。但我也把我的实际困难给他说了，并表示不愿留在学校，希望回老家工作。他再三叮咛要好好考虑。那天晚上我翻来覆去，一夜没有入睡。第二天系党总支书记、指导员白振声老师来找我谈话，要我留校，我也没有同意。第三天中午，我被党委书记、院主任李力（李善修）叫到他的办公室，一见面就问我毕业有什么想法，是否愿意留校。我一五一十把我的想法和要求给他做了汇报。我说我留校确实有很多的不便和困难：一是家里父母年纪都很大了，已是70岁的老人，小弟年纪比较小，需要我就近工作来照顾；二是我作为一个工农兵大学毕业生留校当老师，怕老师教授们看不起，教不好书；三是我不习惯北方的气候，生活也不习惯等等。说完后李主任说："生活习惯可以克服，家庭的困难都应该可以克服的，这不成为不留校的理由，对于第二个担心也不一定符合情理，你留校可以不教书，可以在院团委、院学生会当干部。"最后他又说："小苏，你留在北京，留在学校工作是人生难得的，应该想得开一点，好了，话说到这里回去再考虑，过两天告诉我。"

这一天，我坐立不安，晚上更不能入睡，得想一个什么好法子说服主任才行，否则留校是肯定的。最后想要利用他的通讯员小周和他的秘书刘旭业可能行得通。通讯员小周，女性，是通信兵部的连级干部，估计也是干部的女儿，长得小巧玲珑，扎着两条小辫子，精明能干，很可爱也很开朗，经常同我打招呼，有时她、刘旭业同志和我三人一起说笑话。后来，她当上了国防部通信兵部海南通讯公司的董事长兼总经理。1993年在北海见了她一面，共进了晚餐，也谈了往事和师生们的情况，非常友好融洽。

第二天，我带着这个想法试探性地找到了她，见我这样说，她很同情并表示尽力而为。接着又找刘旭业同志，他同我一直相处得很好，他不但到过我家，而且对我的家庭也比较了解，在校里我们都是很要好的朋友，经常在一起玩，对我的想法虽然起初不同意，但最后见我这样执着，要回家乡工作，他也表示理解，并表示一定要说服李主任让我走。这一招确实有效，没过两天李力主任找我摊牌说："我的小周和小刘都在我面前给你说情了，加上广西韦国清书记也不太同意留人在北京，所以，我同意你不留校了，对于分配在广西哪个地方，我们学院再同广西方面协商定吧。"我听了非常高兴，连说了"几声谢谢李主任"。当天晚上，刘旭业同志就跟我透露了院党委的决定，他说，李主任同意你不留校了，分配到钦州地委统战部工作，还可以吧。听了这话我两眼直流泪，紧紧握住刘旭业同志的手，话都说不出来。

最后，我们班只留下金京振、葛忠兴、班班多杰三位同学，广西的一个也没有留下。

在大学的 3 年里，有很多教训也有很多教诲，有许多次表扬，也有过批评，有很多次的哭声和泪水，也有许多的欢声笑语，使我从一个连韭菜、烧锅炉的烟囱都分不清的无知青年成为一名学校、老师认为是好的、听话的大学生；从一个普普通通的大学生成为一名中国共产党党员。这既是自己努力奋斗刻苦学习的结果，更是学校老师教育培养和同学们帮助的结果。我非常珍惜这份果实，也非常感激我们学校、老师、同学给我这片真爱。我毕业后都经常给他们写信表示感谢，或有机会出差都去看望他们。如去过吉林看望林相镐，到云南看望赵家礼，到贵州看望金文成、文桂英、柏怀思、覃祖祥，到湖南看望吴建义、杨胜祥，到海南看望符运珍，到福建看望钟家尧、兰青盛，到内蒙古看望阿力，多次到北京看望老领导、老师和同学，如李力、白振声、葛忠兴、班班多杰、金京振等。中央民族大学建校五十周年庆祝大会期间，我又与老师、同学、校友们共

聚、共饮、同玩共乐，共同度过了美好的校庆时光，回忆了我们毕业后近二十年的工作、学习、生活历程，共勉今后的人生旅途。

在校庆五十周年的聚谈中得知，我们班的 29 名中有一位同学因病逝世外，其余同学身体工作生活都很好，工作成绩都较突出，政治生涯都比较顺利。如葛忠兴同学现在是国家民委经济开发司司长（正厅级），柏怀思是贵州省民族宗教局局长（正厅级），覃祖祥是贵州省统战部副部长（正厅级），还有十几个同学都是副处级以上的领导干部，他们都在各省市各个部门担任要职，还有几个在基层的县区工作。我们的老师大部分都还健在，有的还在领导岗位，有的还在带研究生或博士生。从老师们的谈笑中，我可以看出在党的领导下，他们老有所用，老有所养，老有所乐。

中央民族大学 50 周年庆

相聚难得，相离难舍。相聚时同学们个个欢乐，无所不谈，滔滔不绝。而一旦到了离别的时刻，则个个都仿佛被卡住了咽喉，眼泪代替了语言，拥抱代替了寒暄，久久不愿分手，真是难分难舍，"相见亦难别亦难"呀！转眼之间毕业分别就30年了，人的一生又有多少个30年？谁知道以后可否能相聚？多抱一抱，多凝视一会，多让往日的眷恋、关注化成永恒的温暖与动力，不是很好吗？女同学敖淑亮，毕业时对同学就难舍难分，眼都哭肿了，枕头都湿完了，这次，听说有的同学早上6点钟要离开宾馆，她一夜都没有合眼，早上5点钟就在门口等着欢送同学，后来听别的同学说，她等送走最后一个同学后才收拾行李，急急忙忙搭上回归东北大兴安岭老家的火车。

从9月上旬的毕业动员大会到11月中旬离开大学校门，整整两个月的时间，我们毕业班的同学都沉浸在忧虑、徘徊、等待、忐忑不安和谈笑、酒会、歌舞声中。这段时间，不管白天黑夜，草坪上、大树下、花丛中都可以看到我们同学的足迹和影子，都可以清晰地听到他们的谈笑声和哭泣声，也可以看到不少男女同学之间暗送秋波和互相递送纸条，表达男女同学之间的友情、爱情和同学情。

蒙古族阿力同学与赫哲族同学符世英同窗共读的三年中，他们很低调，没有一点儿相爱的表现。但在毕业动员会后的两个月里，他们俩的爱情却燃烧起阵阵激情。白天一起吃饭，一起逛马路、公园。谈呀！说呀！笑个不停，书信来往也不停，每晚都在深夜12点以后才回到宿舍，到了无法分手的境地。同学们都在议论他们，有的同学还偷偷地窥探着他们，甚至在他们俩谈话的附近偷听着他们的窃窃私语。想不到，天不助人愿，阿力被分配回内蒙古农牧大学任教，符世英被分配回黑龙江省老家的县妇联工作，他们书信来往几年后无法结合就分手了，各自都成立了小家庭。

1974 年 9 月 15 日，同学们都陆续地走了，我们广西的同学们也乘着京广线上的列车回到了广西南宁。第二天统一到民委报到，领导讲话报告后，宣布了我们的去向。我们 15 人中有一位女同学陆振宇留在区民委工作，有两位分配到武鸣区民族干校任教，我到钦州地委统战部工作，其余的都回到老家县里。有的在县城，有的在乡下，有的当老师。拿到报到介绍信后，我们归心似箭，想马上回去报到，想尝一尝人生第一次当干部做公仆的滋味，尝一尝人生第一次领饷的甜头。

中央民族大学 50 年校庆和同班同学一起

公仆篇

　　1974 年 9 月 19 日，是我人生中最难忘、最高兴的一天。这一天我成了国家干部。尽管兴奋、自豪，却又忐忑不安。正所谓一头雾水不知天，前程未卜呀。

　　这一天，我带着中央民族学院介绍信和毕业证书早早地来到了钦州地委组织部报到。第一次到这么大的"衙门"，心里有点不踏实，有点发慌的感觉。钦州地委机关处在钦州县（现已为钦州市）城区内，紧依钦江中游，坐北朝南分为办公、宿舍两个区，南面是江，东面是农村，北面是一大片农田，院子并不大，楼房也不高，干部职工 300 多人，是一个"大社会小政府"的地方，是一个风景不错的州府。负责接待我，帮我办理手续的是组织部秘书李全兴同志，他态度很好，很热情地接待我，并很麻利地帮我办了手续，并说："小苏仔呀，你毕业前地委已为你考虑了工作单位，统战部是一个好单位，人员不多只有 5 个人，你是第 6 个，统战部属地委三大部之一，政策性很强，要认真学习党的有关政策，学习业务知识，并好好向老同志和部里同志学习，好好工作。"我像一个小学生一样，专心致志地听他讲，不断地点头表示好好工作，决不辜负领导的希望。

接着他领我去地委统战部报到，部长、副部长、科长都在，并表示欢迎我到统战部工作。部长安排我在民族宗教科工作并交代了一些注意事项和工作要求，然后批准回家看望父母，但因手头一分钱也没有回不了家。所以，我说我先工作等春节再回家。这样，我就开始做起当干部后的第一天工作。

对于统战部的 6 个人，地委大院的干部都说，苏维生是统战部的"独生仔"。

部长杨玉茂，四川人，1933 年参加红军，在抗日战争和解放战争中立了不少战功，在三大战役时担任中央警卫营营长，13 级干部，文化不高，是一个很诚实的老干部，地委机关从领导到干部都很尊重他。

副部长刘延仁，河南人，1932 年参加革命。中华人民共和国成立初期曾任凤山县委书记兼组织部部长、公安局局长，后任柳州地委委员、组织部部长，后调任钦州地委统战部副部长。个子不高，但文化水平很高，很有涵养，平易近人，艰苦朴素，是一个受人爱戴和尊敬的好领导。

科长莫剑青，女，广西人，文化不高，但资历很深，1949年参加工作，是一个务实能干、懂得关心人、体贴人的好干部，工作认真负责的好领导。还有秘书科副科长刘丹，女，广西人，中华人民共和国成立初期参加工作，是地委陈永安副书记的爱人，戴一副很深度的近视眼镜，看上去很像一个小知识分子，心地善良。还有一个主办干事钟瑞展同志，也是中华人民共和国成立初期参加工作的，态度温和，工作热情，与人和睦相处，与世无争很受人尊敬。

报完到后，行政科安排我暂住在地委小招待所，离上班和饭堂都很近很方便。报到后的几天还没有领工资，在饭堂吃饭都是记账的，一天最好的饭菜是 4 角 5 分钱，整整记账了一个星期。第二个星期，我在行政科领了报到后的工资（月工资为39 元）。当我领到这份工资时，激动不已，思绪万千，反复掂量手里的工资，想到这是多么不容易呀，又想到今后的工作有多么的重要呀。虽然每月才 39 元钱，可是凝聚了党和人民多少的关怀和温暖，凝聚着父母多少的心血和汗水，也凝聚了我 14年来的苦心和奋斗呀！想着，想着，眼泪哗啦啦地流……

统战部虽小，但是一个很好的单位。从部长到干事都很喜欢我，教我怎样做人，教我如何做事，我把他们当作长辈和老师，虚心学习，努力工作，重活难事我都争着去干，从来不怕苦不怕累，常常得到他们的好评。

跟班学习。地委决定 1975 年 1 月份召开全地区贫下中农代表大会，我被抽调筹建大会准备工作。10 月初，我便跟着贫协主席李登福同志（后来当了钦州市检察长）到各县（市）检查指导工作并收集整理大会的材料。当时钦州地区管辖北海、合浦、浦北、灵山、钦州、上思、防城等 7 个县（市），有 400 多万人口，我们用整整一个月的时间走遍了 7 个县（市）、约40% 的乡村，白天深入乡村了解调查情况，晚上加班加点整理材料，提前完成了大会的筹备工作，为大会的胜利召开打下了良好的基础，得到了地委领导的好评。

下乡蹲点。刚完成了"贫代会"的筹备工作，11 月初，地委又抽调我作为检查落实地委扩大会议精神工作组下乡蹲点，地点是上思县，时间为 3 个月。

工作队领导是地委组织部副部长刘广享同志（13 级干部），

队员有团地委书记褚德科（退休前为北海市政协副主席）、妇联主任黄文飞、组织部组织科长陈德传，还有一个姓陶的干事，一共6个人。

11月6日，按地委的指示，刘副部长带领我们进驻了上思县百包（后改为叫安）公社。这里地处十万大山的北面，在凤凰山脚下，一睁眼就看见大山大岭，一出门就爬坡。本组6个人除了刘副部长住在公社接待房外，其余的同志都分头住进了农户家，与农民兄弟同吃、同住、同劳动，即"三同"。我被分到平达村李屋队队长的家。这个队很穷，队长家也很穷，一个很强壮的社员一天的劳动挣10个工分，每分只得0.3分钱，实际上一天的辛苦，从早到晚才挣得3分钱的工钱。附近队的群众说"有女都不嫁李屋队"。全队30岁以上的男人几乎是单身汉。衣服裤子都是补了又补，缝了又缝的。有一天，我看到一个60多岁的老人在田里劳动，穿着破烂不堪，我便在他穿着的衣裤上数了数，一共有39处补丁，但还不完整，还有几处没有补。全队有13个30岁至69岁的妇女，其中有7人到外地搞"野马副业"，过年过节才回家。

李屋生产队像这样的典型很多。有一个晚上开社员大会，我在会上给群众就如何安下心来种好冬种，搞生产自救，不要外出东搞西搞，要想生活好过就要靠自己，靠大家团结一致搞好集体生产讲一番话后，打动了群众的心。不少群众发表意见，表示要相信工作队，一定要安心生产，把生产搞好。但有的群众提到要把生产搞好，要求队长带个好头以身作则，不要放老婆出去搞"野马副业"，以免造成全队社员人心惶惶，不安心生产。会场上你一言我一语的乱成了一团，甚至你推我，我推你，拉开了打架的架势，我看了这个场面不得了，马上站在晒场的石磨上大声疾呼，群众见了马上停了下来。我首先教育队长，我说社员们提的意见很好，都是为我们队好才这样说的，如果我们队100多个劳动力都东奔西跑的，那还像个什么集体，过去的事情就让它过去了，我们大家要团结在李队长的身边，听队长的话，好好干活，一定要把队里的生产搞好，提高我们的生活水平。社员们听了高兴地鼓掌叫好，李队长也表示一定要带领群众搞好生产。从那以后，李队长很积极，社员们也很团结，出去"搞野马副业"的人也逐渐回来了，生产生活也逐步正常。

"衣禀足，知荣辱"，人要提高素质，也必须提高生活水平，才能有尊严地生活。

我的"三同户"也很穷，一家6口人，4个子女都在念小学，2个劳动力，3间破泥墙瓦房。我住了三个月从来没有吃上一顿干饭，每日三顿都是稀粥、盐巴和辣椒，白天同群众一起劳动和搞调查，晚上开会走访群众。我本来就长得矮小，身上就没多少肉，但三个月我掉了好几斤肉。有时，觉得疲倦无力，走路都十分困难。蹲点的第一个星期天工作队员集中学习和汇报工作，刘副部长问我："小苏，你在三同户住得好、吃得饱吗？"我说，还可以吧，每天三顿我都照着"九面镜子"加盐巴。他说，你说的"九面镜子"是啥意思。我说，我每天喝九碗稀饭，稀得像镜子一样照人，逗得大家哈哈大笑。

三个月里，走家串户，访贫问苦，组织群众学习、宣传解释地委扩大会议精神，征求群众的意见。其间，我两次登上了凤凰山，一次到平江林场，一次到六务村，对"提高瑶族群众生活水平，发展山区生产"的问题做了调查，并向部里写出了调查报告。

在上思蹲点的三个月里，工作队按照地委的指示对"四清"遗留问题做了全面的调查。我们认为，当时上思经济上不去、生产搞不好，主要是"领导没决心、本地干部没信心、外地干部不安心"。我们向地委报告，建议地委把122名"四清"干部调离上思。后来，地委做出了决定，不久"四清"留下来的干部逐渐调离了上思，走上了新的工作岗位。

1975年1月，大概是25日，我接到了地委收队的通知。当天，我交清了每月12元的伙食费。老队长买回了两斤猪肉煲头菜，炒了一大盘的青菜，煮上糯米饭，一家人高高兴兴地吃了一顿饱饭。这算是与"三同户"吃的最后一顿饭，也是我三个月来吃上的第一顿干饭。第二天一早，我便收拾了行装，在社员们的欢送中背上了背包，一路小跑到公社集中。

集中小结会很简朴，没有讲排场，也不讲究长篇大论，没有大话废话。我们工作队员与公社书记、革委会主任几个人坐在一起，刘副部长听了我们几个人的简单汇报后，归纳了几点意见和建议给在座的乡领导，乡书记梁建松说了几句表态的话后便结束了小结会，前后不到一小时。然后，乡里请我们吃了一顿红烧猪脚、粉蒸肉、炒鸡蛋、青菜、清汤的"四菜一汤"午饭后，我们又赶忙回县城。

在县里，我们又简单向县委、县政府主要领导汇报，又是"四菜一汤"的晚饭后，又急急忙忙赶回钦州地委。

"三分之一工作队"。20世纪的70年代，地、县两级每年都要分两批组织很多干部下乡，宣传党的路线、方针和政策，帮助指导农村的农业生产，同老百姓同吃、同住、同劳动。我们统战部老人多、病号多，他们中有的早年参加革命，经受战争的洗礼，饱尝战争苦难；有的经过了二万五千里长征的艰难岁月；有的从1932年开始就在白区从事秘密的工作，参加过中华人民共和国成立初期的剿匪斗争，后来却在审干肃反中受到打击，经受了20世纪60年代的困难时期，"文化大革命"中又受到批斗并成为走资派，蹲牛栏、坐大牢。在漫长的岁月里，他们经受了一场又一场的折磨，政治上受打击，身心受到创伤。我看到他们，想到他们，我宁可年年参加"三分之一"，就是受苦受难也不让他们去。所以，每年每次组织工作组下乡我都主动报名参加。因此，我1975—1977年连续参加三期"三分之一"工作组。

第一期"三分之一"工作队是1975年1月到9月，我刚从上思回来的第二天，就报名参加下乡工作组。大家都在准备一些年货过年，有的家比较远的干部职工已请假回家探亲过年，而我们腊月二十八还参加了下乡工作队的学习。在学习讨论中有同志提出，年三十我们就下村同群众过一个革命化的春节。而大部分的同志则反对，认为这一观点太"左"，不符合农村实际，不懂得农村过年的习惯。有的同志说，现在农村很困难，生活没着落，一家人一年辛苦到头吃一顿大年饭很不容易，我们人生地不熟一下子不就冲淡了年饭吗？建议过了年初五进村。最后地委决定年初五集中，年初七下点。

这样，我便草草地准备了一些年货后，于年三十的中午赶回家与分别了三年多的父母过年。年初四又急急忙忙赶回钦州收拾行装准备下乡，年初七大家带着春节意犹未尽的心情，统一坐着大班车到浦北县龙门公社。第二天开了一天的会，听了公社书记何九叔的情况介绍后，地委副书记陈永安同志做指示，然后分成五个工作组，我被分到连塘村江岸生产队。我们工作队共9个人，由中级人民法院院长冯仕迁、卫生局局长唐台忱带队。第三天，我们9个人背着各自的行李像当年的解放军一样徒步进村驻点。

我负责江岸村的工作。该村在一条小河边上，因而取名江岸村，小河水一年四季都很清，听人说河水从来不断流。该村面积不大，土地也不多，平均每人拥有三分的水田、二分的坡地。属丘陵地带，土地很肥沃，水稻的亩产量也很高，农作物生长得很好。山上种满了松树和红椎木，郁郁葱葱。瓜菜到处都有，连田头地角、门前屋后都种了，用当时的一句话说就是"见缝插针"。

但当时处于"割资本主义尾巴"的时期，自己种的瓜菜不能带到市场卖，只能自己留着吃，养的猪、鸡、鸭也得按国家价格卖给食品站。粮食完成了公粮后，多余的做购粮或者余粮卖给粮所，谁违反了，要被"割资本主义尾巴"或要"斗私批修"。所以，群众不敢动弹一步，老老实实听话，除完成了一切统购任务后都留给自己吃。所以，江岸村群众生活还算比较好的。

江岸村大多为翁姓，少部分为龙姓。我住在队长老翁头家，他60多岁，身材不高，但精明能干。从土改后一直当队长，是一名土改根子，身体挺硬朗的，工作很热心很积极，起早贪黑，队里社员也很听他的话。据他说，以前一直在越南芒街碗厂打工，1945年日本飞机轰炸芒街后，才带着老婆和女儿回到老家。听他说，老伴是在芒街碗厂打工时相识相好后结为夫妻的工友，姓沈，但没文化也不认识自己的名字，人们一直称她为"沈婆"。他们结婚后只生下一女，后来收养了一个男孩做养子，他把我当哥哥一样看待，关系非常好。我收队时，他送了一本笔记本给我，并写上"送给哥哥留念，祝哥哥一生平安"。

社员们老老少少、男男女女都很尊重我。尤其女青年很青睐我年轻、有文化、有涵养。队长一家人也很关爱我，两位老人把我当成自己亲生儿子，把我住的房间安排得妥妥当当，打扫得干干净净的。吃得也比较好，天天有饭吃，每星期都有肉吃，我每个月都按时交 12 元的伙食费，也经常到食品站买一些猪肉回来加菜，生活过得很好，工作队员们对我住农户家的生活很羡慕，常常过来做客。

记得有一次我连续三天中午饭都回来得比较迟，但吃得比较好，有大米饭和猪脚炖花生吃。第三天，当我吃完了中午饭顺手揭开锅盖时，发现锅内放有一盘木薯糊，我就猜出了几分事实的真相，感动得我直流泪。晚上吃饭时，我把这事说出来时，两位老人才说出心里话。事情原来是这样的，两位老人半夜醒来时，连续一个星期都发现我在房间大声说话，开始一两个晚上认为我同别人在谈话，但后来连续都是这样，他俩觉得有点不对头，便偷偷到我住房门口看个究竟，但房间里漆黑的，也没有发现有别人在，他俩就认定我神经衰弱引起讲梦话。所以，就背着我买了猪脚煎中草药给我治病，但他俩又生怕被我发现便放了少许的花生一起炖。

确实，那段时间很辛苦，白天同群众一起劳动，还要抽空去调查统计全村的生产情况，晚上要轮流到两个生产队组织社员开会学习，会后要统计全大队的报表和写材料，每个晚上只能睡约 5 个小时的觉，我身体很虚弱，体重从 112 斤减到了 98 斤。本来肤色较黑的我更黑了，头发也很长，就像俗话讲的"狗瘦毛长"，一点儿不假。我自己也发现连续不少夜晚，睡觉中梦特别多，常常说梦话，说完梦话后坐起来发现自己刚才是在梦中，然后又睡下。

自从两位老人用猪脚煲中草药给我吃后，我再也不讲梦话了。打这之后，我更是把他俩当作我亲生父母，他们也把我当作亲生儿子给予关心照顾。我在收队以后的日子里，曾两次回到江岸村看望二老，他俩也曾委托大队支部书记龙日胜同志给我带来不少的柑子。1987 年 8 月中旬，我到浦北县办事路经龙门镇，又有机会回到江岸村看望两位老人，可惜老太太已在两年前过世了，老队长已去龙门镇赶圩了，家里门紧闭着。后来我又赶回龙门镇在街上足足找了三个小时，最后在供销社卖化肥的店门口找到了他。多年不见了，显得老多了，眼睛也不好使了。他很久才认出我。我说老队长，我是专程来看你的，到家里门锁了，我猜你一定来赶圩了，所以，我又赶来镇子找你。他感动得老泪纵横说不出话来。后来我们俩站在马路边说了很久的话，问长问短，问寒问暖，谈得很投机、很亲切，过往的人还认为我们是父子俩在聊家常话，不少人给我们投来很多赞许的微笑和热情的眼光。看时间不早了我送给老人 200 元钱，并叮嘱老人保重身体，有机会我一定来看他。老队长手里拿着这 200 元钱，一边擦着泪水不停地说谢谢你苏同志，保佑你身体健康。车走远了，他还在原地不停地挥手……

在浦北蹲点的日子里，还有一件没人知道但至今使我难以忘怀的事。有一天中午，我正在河边洗衣服，有一年轻女子，刚满 18 岁，叫×××。她跑过来说："苏同志，你在洗衣服呀？"我说，"是呀，几天了，没有空洗，衣服都发臭了，今天洗一洗否则明天就没有穿的了。"她说："我帮你洗好吗？"我感到有点害羞，马上说："不啦！还是自己洗的好。"她说："何苦呢？有女孩子给你洗衣服不好吗？"说完就把我的衣服抢过去认真地洗起来。我不敢同她一起坐，便站起来看她洗衣服。她一边洗衣服一边说："苏同志，你是地委来的大干部，又有文化，讲话水平又高，长得又那么结实，我们队个个女孩子都喜欢你呵。"我说："哪里的话，你们实在糊弄我，我长得又黑又瘦不像个人。"她说："真的，如果我有你这样高的文化，能当上一个小干部多好呀。"

我问他："那为什么不读书呀？"她说："因为家里穷，兄弟姐妹多，我六年级毕业就无法上初中了，现在真后悔。"

我说："我也是一个农村仔，兄弟姐妹也很多，家庭生活也十分困难，读中学、大学时经常吃不饱，连像样的衣服都没得穿，很苦的。""都怪我，因为我是一个女孩子，没有福分，没有读书命。"她很惭愧地说。

我怕她太悲伤，便说："现在这个社会当然能读一点书有文化最好，但没有文化一样可以搞社会主义建设嘛，只不过是人与人之间的分工不同而已吧。"

她说："你们文化人这样说也有道理，那样说也有道理，但我文化低，怎样说也不是个滋味。"

我说："话也不能这样说，我们各自都有理想和前途吧。"

当她把衣服洗好站起来，正面对视着我，然后甩了甩手中水珠，笑了笑说："苏同志，你有对象了吗?"

我听了，看了看，她脸红得像一朵红玫瑰，一双水灵灵的大眼睛羞答答直盯着我，我的脸也像火一样烫，身体好像有些颤抖不知怎样回答才好。后来，我镇定下来笑了笑说："××，你真美，我内心很喜欢你，但很抱歉，我已有了对象，她是一位小学教师，可是没有你美。"

她听了我这么一说，连忙说："苏同志，这是真的吗?"

我点了点头。她哭了，说了一声"再见"，便扭头往家里跑。我在那里一动不动地望着她离去的背影，看着她那楚楚动人的身姿，感受着农村姑娘的美。她跑到家，站立在家门口不停地向我笑，向我挥手致意。她身材苗条，线条清晰，两条经过精心编织的长辫子，随着她行走的姿势不停地、很有节奏地相互扑打着，真美呀！但当时，因为我是下乡干部，有纪律的，加上当时确实没有这个想法也不敢有想法，所以，我无法爱上她，也无法得到她的爱。

后来，我给工作队长推荐，介绍她到大队幼儿园当幼师。她曾多次向我表示感谢，也曾多次相见，谈话间眉来眼去递送秋波，窥探各自爱的心扉，想编织一片温暖的小天地。

在收队离开村子的那一天，她与其他男女青年一起欢送我们工作队，直把我们送到大队部，送上了回归的汽车上。我发现她哭了、流泪了……她不停地用她那娇嫩的手抹去眼中的泪水。我安慰她说我们都是热血方刚的年轻人，来日方长，好好保重，有机会到钦州地委来找我，有时间写信联络。

一颗忠诚的心，一片真情的爱，久久地延续。回到钦州不久，她真的来信了。一封、二封、三封，一直很长时间不断，我也不断给她回信，直到1976年因去上思办少数民族干部学习班，半年时间不回部里，她见我不给她回信，开始心灰意冷，中断了书信的来往，我们俩真挚的友情、我工作后第一次真正喜欢一个女孩的情感从此中断……

第二次"三分之一"是在1976年3月份，地点是东兴县东兴公社楠木山村。这次时间不长，只有三个月，我的驻队是水坡江生产队，住户是李队长的家。

水波江生产队是在楠木山大队的东面，与松柏大队以水沟为界，北面紧靠着防东公路，南面是北仑河口，一眼望去，可一览越南广宁省沥柱屯的山山水水。土地也很肥沃，自然条件很好，但人们一直穷得叮当响，衣不裹体，吃不饱肚。返里也是东兴县有名的落后队，是一个很难做好工作的队。上级领导、大队干部谁都不愿意到这个队，听说县社工作队去了几次都草草收队。该队只有200多人，居住着李姓、黄姓、唐姓及迟姓等姓氏人家。长期以来，姓氏之间、人与人之间长期不和，经常打架斗殴，甚至宗族械斗。

听了汇报，我们工作队长宋均华同志就说："苏维生同志，你已经有过'三分之一'的工作经验，又年轻，又是大学生，本地语言又熟悉，你就在水波江生产队吧。"听了后，我的心开始颤抖。但"军令如山"，只能听命。这样，我就老老实实在水波江待了三个月，啃起了这块"硬骨头"。

我的住户李队长全家6口人，劳动力2人，3个小孩读书，还有一个早已失去劳动力的80岁老母亲。

我的工作方法是，挨家挨户调查摸底，搞清影响全队团结的原因在哪里、问题的症结在哪里。在调查中，当问题和情况不清楚前，不管他属哪个阶级、姓氏、人口多少，都要一碗水端平，一视同仁。然后，用事实，用典型事例，讲政策，用道理说话，以理服人。

经过调查，情况是这样的：本队唐姓人家在中华人民共和国成立前是有田有地又有钱的富裕人家，盛气凌人，很霸道，对其他姓氏人家不放在眼里，甚至对他们有欺压剥削行为。中华人民共和国成立后唐姓人家被划为富农"黑五类"，这样，一件件、一桩桩的事情，不断引发出不团结问题，最终出现了水火不相容的局面，甚至到了你死我活的地步。

情况弄明白，问题弄清楚了以后，我又挨家挨户走访。采取先易后难、先老后幼、先党员骨干后一般群众的方法做思想工作。对唐氏家族的人讲清楚过去的历史问题，讲社会主义今天的现状，讲政策、道理。讲到过去的历史，是社会造成的，是祖辈所为，而不是今天后人的罪过，也不是后人承担得了的事情。经反复不断的工作，他们都表示愿意按我的要求去做。有的中青年人说，我们都不愿意看到过去，也不愿意永远当富农的儿孙，更不希望看到姓氏长期的对垒和不和。唐氏家族的人思想转变后，我又找其他姓氏的人一个个谈话，希望他们不要耿耿于怀，不要只看到人家历史的一面，不要唯成分论，关键要看现实，看他们是否跟共产党走，搞社会主义。

通过反反复复的政治思想工作，最后，大家心平气和了，团结了，生产积极性调动起来了，老百姓高兴了。从这以后再没有发生争吵和斗殴的事件了。三个月的时间里，我终于啃掉了这块"硬骨头"，得到了工作队和县里的好评。当我离开水波江生产队的时候，全队的男女老少到田头、路口为我送行。

1977年2月中旬，我又参加了第三次"三分之一"工作队。这次在合浦县，我的点是合浦县环城公社廉南大队。工作队队长是符琪（钦州军分区参谋长），副队长是唐台忱（地区卫生局局长）、廖均成（地区教育局局长），队员共有11个人，来自地委各直属单位。

环城公社在合浦县南面，公社办公地点紧挨在县政府边上，廉南大队部就与县政府以围墙相隔，上街入市都很方便。地势平坦，土地肥沃，水资源很好。主要是种植水稻和蔬菜，所以，廉南大队群众无论在生产上、生活上都是较好的，比我前几次下乡蹲点地方不知好多少倍。我与教育局廖局长同住在草鞋村队，这个队离县城最近，连县领导在礼堂开会讲话声我们都可以听得见。村子蛮大的，有300多口人，生活都过得好。我的住户姓张，家中只有2口人，一个60岁的老太太和一个40岁没有结婚的儿子。我入住以后，虽然增加了他们家的负担，但也给这个家增添了一些喜庆的生活色彩。队里的社员说，张大妈又添了一个好儿子，还是地委的干部呢！老太太很高兴。她确实把我当作儿子看待，我也把她当妈妈一样尊敬，我同她的儿子相处得很好，像亲兄弟一样。老太太很勤快，早早就上街买菜，中午和晚上都等我们回家后一起吃饭，吃得比我们在地委饭堂要好多了。每天晚上都能喝上一口好汤水。我们同去的队员都很羡慕我住户的好生活，有两个队员有时到我住户家做客。我记得收队回钦州后的十年时间里，我经常去合浦看望他们，老太太不时到钦州来。1979 年女儿苏艺满月时，她还带着女儿、外甥来探望，送来不少的土鸡和鸡蛋，这种关系一直保持到老太太过世。

合浦蹲点除有两个方面我感到不太好外，其他都好。一是合浦农村用的粪桶太大了，足足能装 100 斤，我有几个早上参加劳动，挑了几担粪水浇玉米就吃不消。二是合浦人不同灵山人"三两米都煮饭吃"，合浦则不同，有米都不煮饭，宁愿喝稀粥也不吃干饭。所以，在合浦 9 个月大约只吃上了十顿干饭。这两点使我受不了，也是记忆很深的。

在合浦下乡的 9 个月里，不管与工作组的同志们也好，或与生产队的社员之间也好，大家相处得很好，很开心、舒畅。我同廖均成局长相处得特别好，他没有一点儿官架子，很看重我，也很支持我的工作。他年纪虽大，还患高血压和支气管炎，但仍坚持参加劳动，晚上一有空就看书读报。上街或集中学习时我都用自行车搭他，我体重不到 110 斤，可他的体重是 190 斤，他怕我搭不了他常常提出要走路，但我怕他身体不好，所以我每次都坚持要搭他。他肚子饿了叫我跟他一起上街买东西吃，他病了我陪着他去医院看病，晚上我常常到住户家看望他并向他汇报工作。

队长符琪更好玩，下乡不久在县政府去卫校的一个小胡同的围墙边，隐隐约约还看到"文化大革命"遗留下来"油炸符琪，火绕符琪"的标语。他笑笑指着说："如果'文化大革命'油炸我，火烧我，今天就不能带你们下乡了。"他常常给我们讲一些中华人民共和国成立初期打土匪的故事和他在年轻时怎么谈恋爱，当了首长以后怎样对待工作与家庭的关系，也经常给我们讲一些笑话来逗我们高兴。有一次，他郑重地把本队女工作队员许光浩介绍给我，让我同她谈恋爱。小许，是钦州地区医院的护士，是符琪同志战友的大女儿，长得也不错，她对我有点意思，可惜矮了点，只有 1.54 米。后来，我们之间开了几次玩笑，就拜拜了。

民族工作。民族工作是我分管工作中的一项主要工作，也是一项政策性很强的工作。

在中国共产党的领导下，在马列主义、毛泽东思想、邓小平理论、"三个代表"和科学发展观重要思想的指引下，中国56个民族团结一心，携手并肩，在曲折中开拓前进，走出了一条正确解决中国民族问题的道路，取得了民族工作的伟大胜利。民族压迫的锁链被彻底打碎，各民族不论人口多少、历史长短、发展水平高低，都成为祖国大家庭中平等的一员，享有政治、经济、文化、教育各方面的平等权利。各民族之间建立了平等、团结、互助的社会主义新型民族关系。各族人民的大团结经受住了各种风浪的历史考验，实现了空前的团结。民族区域自治的实施，使少数民族享有当家做主、管理自己内部事务的自治权利。一大批少数民族干部和各类专门人才成长起来。通过国家的帮助，发达地区的帮助和各族人民的自力更生、艰苦奋斗，历史发展起点较低的少数民族和民族地区，在经济、文化、教育、科技、卫生、体育等各方面都实现了历史性的飞跃，正向着社会主义现代化、全面建设小康社会和共同繁荣、进步的目标迈进。中华民族以一个日益繁荣、文明、强盛的民族，屹立在世界民族之林。

民族工作的成就，凝聚了我们党几代领导集体的心血和智慧，蕴含了各民族干部的努力和奉献，体现了全国各族人民团结、奋进、创新的成果，昭示着社会主义制度在解决民族问题方面的无比优越性，也展现了中华民族的强大凝聚力和创造力。

20 世纪 70 年代的民族工作，总的要求是要认真贯彻党的民族政策，坚持民族团结、平等、互助的方针，积极帮助各少数民族发展生产，走共同繁荣、文明、富裕的道路。

根据这个工作方针，钦州地区民族工作主要放在开展民族地区情况的调查，从中找出一条适合发展民族经济，更好地帮助和支持民族地区发展生产，提高民族群众生活水平的路子。

钦州地区辖北海、合浦、浦北、灵山、钦州、上思、东兴等 7 个县市，除北海、合浦、浦北外，其余区域都有着较多的少数民族居民。壮族主要居住在钦州县、上思县、东兴县。壮族占上思县人口的 80% 以上，钦州占 40% 左右，东兴占 30% 多。上思县和东兴县的西部，即靠近十万大山地区有许多瑶寨村落，灵山县的太平公社也居住着少量讲山子瑶话的群众。京族主要分布在东兴县江平公社的沥尾、巫头、山心三个大队，习惯称之为“京族三岛”。江龙、潭吉两个大队也有少部分人。瑶族，还有部分壮族居住在十万大山的山区地带，交通不便，耕作落后，缺医少药，文化落后。而京族虽然居住在沿海，但自然环境也不是很好，土地贫瘠，耕地少，水资源短缺，工具落后，生产能力低下，缺粮、缺医少药、缺水、缺电，生活也十分困难。

1975 年下半年至 1976 年，钦州地委用了一年半的时间对全地区的民族情况进行调查。1975 年 10 月开始，第一站调查对象是钦州县的大寺、贵台、大直、黄屋屯等乡镇。从钦州坐车到大寺，然后到贵台。时任贵台公社书记容先胜、革委会主任黄荣明同志（现任防城港市人大常务副主任）热情地接待了我们调查组的 5 位同志。当天，听了汇报后，我们住在供销社旅社，我记得旅社是坐落在街上的一棵大榕树下，设施很简陋，被单是用面粉袋子缝合的，枕头袋是用化肥袋子连缀成的，袋子里灌了一袋满满的绿肥种子，足足有二十斤重。这一夜，我第一次感受到了当时公社经济的困难和生活的艰辛。

第二天，我们5个人在向导的带领下，跋山涉水到了峒利、高利村。高利山高林密路滑，山蚂蟥多，很可怕。上山前我们先要把耳朵塞好，把衣服穿好，扣好钮子，把裤脚绑好，预防山蚂蟥袭击。尽管我们尽了一切努力做了充分的准备，但仍受到山蚂蟥的不断袭击，多次被咬，多处流血，痒痒的。从高利又来到了大寺的那蒙、那光村，最后到了大直公社的黄岗、屯笔、屯宽、屯品等大队，一共走了12天。白天跋山涉水访贫问苦，晚上就从大队干部那里了解情况。累了坐下来休息一会，渴了就在水沟边喝上一口清甜的山泉，脚肿了，晚上大队干部就给我们烧水泡一下，饿了就到群众家吃稀饭或红薯，每到一处都受到当地干部群众的热情欢迎和接待。

这次壮乡之行，走了不少的村寨，访问了许多的壮族群众，收获不少。壮族村屯和当地群众也得到了不少的利益。后来相关部门拨出了不少民族经费，修建了峒利桥、屯笔村漫水桥、那蒙至那光机耕路、屯笔至黄岗山机耕路、贵台公社那米小水电站、那光小水电站和大寺、大直公社自来水站，给八个生产队送了八台手扶拖拉机，扶持了两个水果场。

接着在1975年冬，我又同东兴县民委的同志对东兴的瑶族进行调查。先后到了大菉公社的坡稔村，那梭公社的马蹄村，那良公社的老冯坪、大村、那勉村，滩散公社的六市、里火、高林、坑怀村，板八公社的板沟、大坑、细坑、和平、那崖村，峒中公社的板典、那丽村。并到瑶族副县长马成初家里拜访。马成初，虽然担任副县长，但家庭很困难。全家人住在一间破烂不堪的房子里，四面透风，屋面漏水，一口锅烂了一角，一口水缸烂了一半，两床棉被千疮百孔，很凄凉。看到一个堂堂正正的副县长的家境如此贫寒，确实令我心里不安，觉得亏待了他们一家人，确切地说他的一家就是当时整个瑶族的缩影，当时瑶族一家人值钱的家当，收集起来不满两个小箩筐。

马成初当时作为瑶族的副县长是很优秀的，可以说是瑶族人的佼佼者。他有一句被人们认可和流传至今的名言，就是"文化大革命"初中期被下放到"黄淡水库"的五七干校养猪，当时人都吃不饱，哪有饲料养猪呢？猪每天吃的都是清水和红薯苗。当他喂猪时，猪总是仰着头看着他不吃，他火了拿起舀水的勺子猛打猪头说："我县长喂你，你都不吃，谁喂你才吃呀？"

东兴县瑶族情况调查结束后，向地委统战部做了汇报。随后拨出民族专款，修建学校，修筑机耕路，发放手扶拖拉机、碾米机等。解决了部分瑶族同胞生产上的困难。

1976 年春，我们又继续对上思县进行民族调查。调查主要范围是南屏、在妙、叫安公社的瑶族和平福公社公安村的壮族群众。我们先到了南屏公社，南屏是瑶族聚居的地区，位于十万大山主峰山的北面。山高路陡，有的走半天都不见人烟。我们先到了米强村，然后到江坡村、巴乃村、汪乐村、常隆村和乔贡村。

米强村，从地图上看离南屏不远，只翻过一座山，涉过一条洗马河就可以到达。那天，同去的有莫剑青科长，上思县统战部许力部长和一个干部。公社办公室给我们请了两个挑夫，帮我们挑去晚上用的被子、蚊帐和衣物。我们从早上 8 点钟一直走到下午 3 点，才到达。李支书及大队干部很热情，为欢迎我们的到来举行了隆重的晚宴。摆了两大桌的饭菜，应有尽有。甚至把准备过年的鸡、咸猪肉和香菇都拿出来了。我们一边烤火一边"见老"（是壮话喝酒的意思）。按当地壮族人的习惯，都是用大碗装酒的。入座后，主人用汤勺向客人每人敬一汤勺酒后，你一汤勺我一汤勺互相敬酒，酒越饮，兴致越高，可以说，达到了大闹山寨、非醉不可、非倒不行的地步。宴席一直闹到午夜 12 点，这时大家都已感到"酒朦胧，人朦胧"，才慢慢地散去。

第二天 9 点钟村里又杀鸡、杀鸭摆了两桌，热热闹闹又"见老"（即喝酒），一喝就是两个多小时。看时间不早了，我们要赶路回公社了，但他们死活不肯，要我们一定多住一天。后来我同支书说，我们再也不能住了，更不能在村子里吃下去了，两餐饭吃了 12 只鸡，再吃下去的话，你们村就没有鸡过年了。李支书这才勉强同意。这次给了我很大的触动，深深感受到少数民族群众对党、对政府的信任及拥护，也体会到少数民族的热情好客。

同年 11 月，我跟随着范家喜副部长（广东清远县人）到南屏乡最偏远的常隆大队进行调查。常隆地处十万大山主峰薯莨山的西面山脚下，翻过大山就是东兴县的板八乡，再往西走就是宁明县了，是南屏乡、也是上思县最偏远的瑶族村。不说县领导，就是乡领导也很少到过那里。县乡两级领导听说我们要去常隆村，都捏把汗，有的甚至怀疑我们去不了，都劝范副部长不要去。可范副部长说，常隆村不就是远一点，山高一点，路难走一点吗？这同中华人民共和国成立初期我们爬山剿匪算得了什么？所以，他坚持要去。第二天早上 8 点钟，范副部长与我，还有县委统战部许力部长和干部黄万宽，我们雇用一匹马和一个挑夫，在向导的带领下就出发了。

山确实高，路确实远，我们淌过了一条条河流，爬过了一座座山，究竟走了多少路程，都没有时间去算，累了就休息一会，渴了就喝一口挑夫带来的凉水，继续往前走。爬呀，走呀，从早上 8 点整一直走到下午 2 点整，我们才走到吃午饭的地方——婆凡。

婆凡，离南屏乡政府大约 15 公里，附近没有村庄，它是县供销社为了方便几个村群众交易家畜、收购土特产和群众购买肥料、食盐、煤油等生产生活用品而设立的购销点。我们在婆凡简单吃了午饭后，又继续开拔。

吃完午饭，按常理应该说走起路来会快一点、轻松一点的。但我觉得速度好像慢了，范副部长走起路来也好像有点吃力的样子。我便问："部长，你看是否再休息一下？"他说："不用，要争取天黑之前赶到大队部。"这样，我们又拼命地赶路。下午 5 点整我们终于上到了必经之路薯茛山的黑石嘴。

薯茛岭主峰海拔 1462 米，黑石嘴海拔 1200 米。登上了黑石嘴，远眺云雾缭绕的崇山峻岭，层层群峰，峰青岭翠，令人心怡神往，胸怀开阔。范副部长开始沉吟赋诗并回忆他当年在山区参加剿匪的故事。在说得兴奋时，许力部长向着常隆村的方向高声大喊："常隆村里有人吗？请煮 5 个人的饭菜。"连续喊了五六次。这喊声，在崇山峻岭中久久回荡。

我们又开始走下坡路了。从山上往山下看，见不到山沟底。山很陡，路很小，连羊肠小道都不如。小路上铺满一层厚厚的松针，滑滑的，一不小心，就会掉下山沟。我们干脆坐在松针上慢慢往下滑，也省了一些力气。这样走走滑滑，直到下午 7 点半钟才安全顺利地到达常隆大队部。

刚到村口，不远处走来一个人。许部长说前面走来的是大队李支书。转眼，他已来到了我们的面前。许力部长介绍说这位是地委统战部范副部长。李支书紧紧地握住范副部长的手说："你真是地委来的范部长？"范副部长笑了笑说："是呀！怎么，不相信吗？"李支书连连点头说："我信，我信。当我听到喊声后我认为是公社干部来了，想不到是地委这样大的干部来。"
范副部长又问："县里、公社里的干部经常有人来吗？"李支书
说："不用说县里的领导，就是公社的干部也很少来，你是到
我们常隆村最大的共产党干部了！我代表全村的瑶族同胞向你
表示感谢，感谢共产党，感谢你，部长同志。"说着又拍拍部
长的肩膀，"有这样大的干部到常隆来，常隆今后有希望啦。"
范副部长笑了笑说："我们这次来，主要是调查了解情况，你
们有什么要求、意见都可以说，我们能解决的都给你们解决。"

　　常隆村，约 100 户，600 多人，全都是瑶族。坐落在薯莨
山西北角的山沟里，土地贫瘠，粮食亩产很低，中华人民共和
国成立前都是靠打猎和种坡谷为生，过着"一山过一山"的苦
难生活。中华人民共和国成立后，靠共产党吃返销粮过日子，
房屋都很简陋，全村只有 1 户人家住上泥墙瓦房，听说这户人
家是中农，是中华人民共和国成立前建的房子。其余都住在茅
草房里，吃的水全都是自制竹筒子搞的"自来水"。我们走访
了 10 多户人家，看到每户人全部的家当加起来都不值 20 元钱，
房子四面漏风，床上垫的是稻草，盖的是一张薄薄的棉毡。有
的床上盖的是棉被，不小心一看，还认为是一堆黑木炭，用手
一抖，这哪像棉被呀？是一团黑棉絮！我们又去看小学，只有
两间茅草屋，四面通风又透气，屋顶有几个大窟窿，不能遮风
挡雨。屋子里学生的桌子和板凳，是用松木条钉起来的，每个
屋子有两个班，每班大约 10 来个人。听支书说，这 30 多个学
生能上学也是不容易的，是挨家挨户多次动员才来的，一分钱
的学杂费都不收，正式老师也不愿意在这里教书，都是在别村
请来的民办老师。听他们说了一件笑话，有一个老师在解释
"贪生怕死"一词时，把"贪"字错读为"贫"字，所以将该
词解释成"贫农生来不怕死"，逗得全班学生哄堂大声。

我们在常隆的调查，正如一个80多岁瑶族老人拍着范副部长的肩膀时说的："我活80多岁，经历过三个朝代，你是到我们村里最大的干部。我们村托你的大恩大福，生活会一天比一天好起来的。谢谢你这位干部呀！"

听了汇报和走访了瑶族同胞、学校以后，我想，中华人民共和国成立26年了，这里一点儿也没有改变，上级领导很少下来看一看，也没有帮助解决一些实际问题，怎能对得起这些远离城市的父老乡亲呢？又怎能引导他们听共产党的话，走社会主义道路呢？想着，想着，我的眼睛模糊了。

我们在常隆村调查了一天后，第三天，便转道到其他的公社村屯了⋯⋯

经过将近3年的调查后，地委统战部向钦州地委和自治区民委写出了专题报告，得到了高度重视和支持，陆续增拨了民族补助经费，帮助少数民族地区发展生产，解决群众生活，发展乡村道路，修缮学校、卫生院、电影院，改造部分"过山瑶"群众的住宅，发放小型水力发电机组、手扶拖拉机、碾米机等。常隆村也得到修缮学校和机耕路的补助费，在一定程度上解决了群众生产生活上的困难。

1979年10月，杨玉茂部长还带着我到了浦北县寨圩公社、六万山公社，调查六万山区发展经济的经验，试图把六万山地区的发展经验引进十万山。我们在六万山周边的乡村进行了一个星期的调查研究。后来，也汲取了六万山区的一些经验和做法，引入了十万山的部分乡村。

在民族调查中，我们还在上思县南屏乡、叫安乡、东兴县举办了五期少数民族生产大队、生产队干部学习班，不定期组织少数民族基层干部到内地一些先进地区学习，帮助他们提高文化知识和科技水平，开阔眼界，增强"自力更生、艰苦奋斗"的精神及发展生产的思想意识，提高执行党的路线、方针和政策，坚定走社会主义道路的信心和决心，为加快少数民族地区经济发展而努力工作的积极性。

接待"越南难侨"。美越战争结束后，越南领导人背信弃义，破坏了中越两党和两国领导人建立起来的"越南、中国同志加兄弟"的友好邻邦关系，忘掉了中国人民勒紧腰带无偿援助越南抗美斗争事实，不顾中越两国人民的反对，不断用武装干扰我国边疆的安宁，不断制造事端，骚扰中国边民正常的生产生活秩序，甚至多次打死打伤我边境群众。更为恶劣的是，从 1977 年下半年开始，大量驱赶华侨，给中国政府施加压力。到 1978 年 5 月 1 日，仅小小的东兴城镇就停留有 5 万多难侨，大街小巷、房前屋后、中越友谊公园、中越大桥的桥上桥下到处都挤满了人，哭声、骂声、吵闹声一片混杂，到处塞满了杂七杂八的东西，整个东兴臭气熏天，交通堵塞，吃饭喝水都成了大问题。

根据中国政府的指示和联合国难民总署"要尽快地、有计划地妥善安排好难民生产生活"的要求，各级政府都成立了接待安置难侨办公室。我被指派参加接待难侨工作，具体负责难民的分流安置工作。

1978 年 5 月 1 日，跟随地委副书记陈永安、杨玉茂部长参加自治区召开的紧急工作会议回来后，马上开展工作。按上级指示，当晚我们就做出安排分流安置的方案。第二天，我又陪陈永安副书记马不停蹄到东兴实地调查和看望难侨，并于当天下午在东兴召开了安置难侨的紧急会议。将大批机关干部分成若干工作组，负责难侨的吃住，又调派了大批医务人员防病治病，紧急调拨一大批生活用品解决他们的生活，并从部队和各县调动大批车辆准备接送难侨。

安置难侨到外省的接收点有：海南兴隆农场、广东英德农场、福建某茶场；区内安置在灵山新光农场、华山农场、钦廉林场、丽光农场、稔子坪煤矿、垌美农场、华石林场、那梭农场、企沙华侨渔业新村和上思昌墩农场。还有少部分不愿被安排想通过第三国出国定居的难民，就临时安排在东兴镇红石沟难民接待站。1979 年初自卫反击战前，这个接待站迁到了防城镇丹竹江难民点。

难侨陆续安排分流后，接着按国务院侨务办公室的文件精神，要按安置人口给予人均建 10 平方米的房子（包括学校、医院、住房、公共厕所）。我们又先后到企沙、华石、垌美，灵山县的新光、华山，钦州县的丽光农场、合浦钦廉林场、北海华侨村等，实地选址制定规划方案和绘制施工图设计，并经常深入现场检查指导工作。对不服从安置的难侨，做好思想工作，把他们从东兴红石沟内迁到丹竹江来。此工作一直做到"中越自卫反击战"开始前才告一段落。

落实党的政策。党中央粉碎了"四人帮"以后，对历史遗留的重大问题进行了拨乱反正。党的一系列政策，如知识分子政策、民族宗教政策、华侨侨房政策、右派问题的摘帽与改正、地下党的政策落实、广西"文化大革命"遗留问题的处理等逐步得到了落实。从 1978 年下半年以后，各地根据中央落实有关政策的规定，先后组织成立了落实政策办公室，我有幸参与了这项工作，并经手处理纠正了不少冤假错案。

落实右派摘帽和右派改正工作，在 1978 年下半年开始，1979 年底结束。1958—1959 年，曾经扩大化地把一批地方领导干部和知识分子划为"地方主义分子"或"右派分子"，不够条件的也作为"二右"分子来对待，使不少干部在政治上蒙受沉重的打击，背上了地、富、反、坏、右"黑五类"的政治包袱。

　　1979年春的一天，早上9点多钟，我正在上班，接到信访室要我接待一名来访群众的电话。我及时赶去接待，他就是原合浦专署文教处处长张奎光。

　　我回到办公室打开张奎光的信，他整整写了39页纸，把他什么时候参加革命、入党、怎样南下剿匪，又什么时候当领导，又因什么被划成"右派分子"，22年来又怎样忍辱负重、委曲求全挣扎到今天都写得清清楚楚。读完这封信，让我感到非常震撼、同情、理解、感慨，心情久久不能平静。

　　经我们调查核实后，张奎光不是什么反党反社会主义的"右派分子"，而纯属冤、假、错划的。

　　又如，姚克鲁，当时是合浦地委委员、办公室主任，时年仅30岁，也是为了一句话就被划成"右派分子"，下放到珍珠养殖场当养殖工人。改正后先后担任了北海市政协主席、钦州地委副书记、广西政协副主席等。

　　根据中央的精神，地委成立了以地委副书记陈永安为组长、组织部部长黄志毅、审干办主任李全兴为副组长的领导小组，下设办公室，李全兴兼主任，全面负责右派摘帽改正工作。我是办公室工作人员之一，在李全兴同志的带领下，我们先后到北海、合浦、浦北、灵山、上思、钦州、防城县（市）进行调查，查阅档案，了解每个"右派"的具体情况，错划的来龙去脉，做出改正结论。然后，一个个找他们谈话，对照政策解决问题。如果被降级降薪的恢复行政级别和工资级别，被开除公职回乡的给予恢复公职并办理退休手续，被劳动改造的解除刑事处分恢复公职，家属子女因受株连的给予适当的安排和照顾，并对改正人员补发了工资。这些政策的落实，使许多蒙冤的人回归正常人的生活。他们的家属子女也欣欣鼓舞、扬眉吐气，来信来访感谢党和政府，感谢办案人员。如姚克鲁当上钦州地委副书记以后，亲自到港口我的家感谢我。张奎光写了一封15页纸的信给我，向我表示衷心的感谢。

这是参加工作以后，我做的第一件大好事、善事。

1983年初，中央指示要妥善处理"文化大革命"的遗留问题。广西各地都成立了"处遗领导小组"，下设办公室和抽调干部组成了三个专案小组来专门负责这项工作，我又被抽调到办公室工作，具体负责办公室的上传下达和整理材料工作。当时兼任办公室主任的是组织部常务副部长刘业钦同志，这项工作很复杂也很难做。他除了正常的日常工作外，主要是向地委领导汇报。在向领导汇报这事上，他注重方式方法，能做得比较完善，得到了各位领导的认可，所以地委许多人都说刘业钦当这个主任合适。

担任镇长。我正忙碌地整理"处遗"工作的有关文件和资料，时任地委组织部常务副部长、"处遗"办公室主任刘业钦走到我的面前，轻轻地对我说："行署丘文懿专员和地委孙鸿泉书记找你谈话。"我睁大眼睛问他："有什么好消息？"他笑了笑说："你去了就知道了。"我看了看我那块上海产（半钢）宝石花手表，时间正是1983年9月17日上午9时正。

我放下了手中的事，跟着刘副部长先到了丘专员的办公室，他正在伏案签署文件。等他搁下手中的笔和老花镜后，我说："专员同志，统战部小苏前来报到，请专员指示。"他习惯性地揉了揉眼睛，然后用带着很重口音的陆川普通话对我说："请坐。"我便在他前面的木沙发上坐下。他不紧不慢地说："小苏，自治区人民政府指示防城港于10月1日开港，为配合港务局做好开港和今后建港的工作，要建立一个副县级镇的建制，地委研究决定任命你为该镇的镇长，你有什么意见吗？"我回答道："我是共产党员，是党的干部，只有服从的义务，没有选择的余地。"他说："很好，我们共产党员是一块砖，哪里需要哪里搬，哪里有困难哪里上，这才是共产党员的本质。"他接着说，"防城港镇人口不多，地盘也不大，但它是一个新建立的镇，工作量不少，任务也很多。万事俱兴，你可要努力工作，把事做好，把人管好。要很好地协调驻港的中直、区直机关和联检部门的工作，想尽一切办法尽快做好筹备工作，百分之百保证在 10 月 1 日开港。你们镇当前和今后一段时间的工作任务有下面几条：一是动员全港职工干部和附近的老百姓搞好环境的整治工作，尤其要整治好本港脏、乱、差现象，以崭新的面貌喜迎开港；二是带领和调动全镇人民的积极性，搞好生产自救，安排好群众的生产生活；三是处理好港务局和周边群众的关系，理顺历史征地、搬迁、建设的遗留问题；四是配合好南防铁路指挥部做好征地、搬迁工作，保证南防铁路防城港段顺利施工，绝不能拖延工程施工进度。"

他说完问我："小苏，你还有什么不明白的吗？有什么困难吗？"我马上说："我一定会好好工作，保证完成任务，请专员放心。"我接着问："专员，我的家属是否一起走？"他说："家属的事别着急，等你筹建好了再说，你以后也不一定留在防城港镇，先干好工作吧。"他接着说："孙书记还在等着你谈话呢，具体怎么办，按孙书记的指示办好了。"说完伸出手与我握手。我说："谢谢专员对我的关心和爱护，我一定按你的指示办好防城港镇的工作。"

接着刘副部长又把我带到孙书记的办公室。一到门口，我便说："书记，您好！"他马上说："小苏，你好，来请坐。"接着便伸出手与我握手。他说："你来得正好，曾荣同志也刚到。"他指着坐在我旁边的曾荣说："这是防城县滩营乡书记曾荣同志，你们过去认识吗？"我们俩异口同声说："不太认识。"

互相握了握手便坐了下来。孙书记接着说："刚才丘专员跟你们说了吧?"我说："丘专员说了,但丘专员说具体问题请孙书记指示。"孙书记说："区党委、区人民政府领导陈辉光、覃应机等多次视察了防城港并指示,为了适应防城港开港和防城港的建设,要设立一个副县级的镇党委、政府来组织协调建港工作,要求钦州地委选派两名政治思想觉悟高、有组织领导和工作能力的干部去当书记、镇长。地委根据上级领导的指示,研究决定派曾荣同志任防城港镇镇委书记,苏维生同志任镇长。你们的级别为副县级,文件随后下达。你们去了以后要搞好班子的团结,组织协调好驻港单位的关系,按丘专员给你们谈的四点要求好好工作。近期要抓好开港的各项筹备工作,做到万无一失。现在离开港典礼的时间很近了,很多工作等着你们去做,你们回单位尽快搞好工作交接,本月 19 日到防城县委报到。"

孙书记指示后问我们俩有什么意见,我和曾荣同志先后表了态度,表示服从地委的决定,将按书记、专员的指示做好工作,请地委放心,请书记放心。孙书记笑了笑与我们握手,把我们送到门口。走出孙书记办公室,刘副部长交代我俩说:"你们就按书记、专员指示,回去做好交接手续就报到去吧。"我同曾荣同志交换了意见并约定报到的时间后就分手了。

我回到部里准备接受部长科长们的指示,早在楼下迎候我的秘书科长刘丹就说:"小苏,祝贺你走上新的重要的领导岗位,甘声部长、刘延仁副部长和科长们都在等你呢。"我一到部长办公室,部里的同志果真都在等我,一见到我,他们都异口同声地说:"祝贺小苏走上领导岗位。"同时向我投来钦佩的眼光和微笑。我坐下后,甘声部长就开门见山地说:"小苏,你很幸运，你很快就要离开部里，走上新的领导岗位了。这是地委、行署对你的关心和培养，也是你辛勤努力工作的结果。要珍惜，要好好工作，用优异的成绩来报答地委。你的升迁也是部里的光荣，与部里同志们的帮助是分不开的，要好好地感谢同志们对你的帮助和支持，要好好感谢一手培养你和帮助你成长的莫剑青科长，还有和与你共事多年的同志们。"听到这里，我便站起来，热泪盈眶不停地点头并说："谢谢部长和同志们的关心及爱护。"

甘声部长接着说："你在部里表现得很出色，工作学习各方面都表现得不错，部里的同志们都舍不得你走，但组织的需要就是我们的志愿，我们作为共产党员只有服从，你到了新的岗位后要按照地委、行署领导的指示，好好工作。下午把工作交接一下，也把家里的东西整理一下，按时出发。"接着刘副部长、科长们、其他同志们个个都说了一些赞美和希望的话，我也一一表态。散会时，离下班的时间不远了，我便抓紧时间交接了部里的工作，把该留下的留下，该带走的带走。下午一上班又到"处遗"办公室移交了工作。结束时已是下午4点正了，我又急急忙忙骑上自行车到市场买了一斤肉和鱼，给家里老人和孩子简单加了点菜。同事、朋友们来了，大家高兴得喝上了米酒，谈话到很晚才散去。这天晚上，我们一家人也谈得很晚，女儿当时才4岁，还不知道爸爸要去哪里，所以讲不出个道道，只是在一边玩闹。可老人和老婆话就多了。我妈说："一个家过得好好的，有说有笑，你一走就困难多了，事情也多了，各种各样的事都落到了你老婆一人身上，你要多回来帮一帮呀。"老婆说："我的生活开始更辛苦了，以前上夜班回来白天可以休息，现在下了夜班白天又要买菜又要做饭，确实样样活都要做了。但我相信这个日子不会很长的，不久我们也会去防城港工作生活的，我们要支持维生走上新的工作岗位。"我妈接着说："维生呀，你出生刚满月，江平街上的仙姑牛四婆就说过你以后会当干部。今天你即将当镇长了，我才说这件事给你们听。"大家你一言，我一语说个不停……很晚，很晚才入睡。

第二天一早，也就是 1983 年 9 月 19 日。我把女儿送去幼儿园后，便打起了背包提了一个小铁桶，像一个刚刚入伍的解放军战士一样，在老婆的陪同下到车站，坐上了去防城港镇的班车，就这样出发了。从此，我离开了钦州地委的工作岗位，离开了我共事过的领导、同事，离开了朋友和家人，离开了我生活、学习、工作了 9 年的钦州地委大院。想想都流眼泪了，真的有许多割舍不下的依恋，有很多很多舍不得又忘不了的事情。

坐了两个多小时的汽车（当时茅岭要过渡船）来到了防城县委组织部报到。当时接待我的是县委组织部副部长陈基柱同志，我把来意简单说明后，他说了一些客套话，把我安排在华侨接待站，然后说："你先休息，等我们请示唐英同志后再送你到镇里上任。"

唐英同志当时是副县长，由于时任县委书记曾发同志因"文革处遗问题"靠边站，地委指派唐英同志主持防城县委的全面工作。我们都把他叫作"临时总统"。后来，组织部告诉我和曾荣同志：唐英同志因在外地开会无法接见和谈话，委托组织部陈副部长说明并负责送我们去镇里，并宣布地委的任命。9 月 21 日，我们俩在县委组织部陈副部长的陪同下到防城港镇报到上任，我正式开展镇长的工作。这一年，我三十而立。

我的镇长照（左一）

防城港镇的地域只有 14.7 平方公里，分为白沙沥、渔州坪、渔业三个大队。由若干个小岛组成的渔沥岛，实质上也是生牛卜、渔州坪、珠沙港、白沙沥和插排尾几个自然村的组合，人口约 6000 人。因防城港建设的需要，从原防城县的附城乡划出单独成立镇的建制。1983 年为对应和协调港务局、驻港的中直、区直机关的工作，自治区人民政府决定改为副县级建制的镇。

白沙沥分为 11 个生产小组，约 2000 人，主要是以渔业为生，兼种少量旱地作物，如红薯、芋头、花生等。渔业主要靠几艘 200 匹马力的灯光捕鱼船、鲨箔、鱼箔和挖沙虫、耙螺等。

白沙沥在建港前，群众的生活很艰难，居住条件很差，公共卫生很差，到处都是低矮的泥墙瓦房，污水横流，垃圾遍地，臭鱼烂虾味很浓，房前屋后到处堆满了海螺壳，海水泡到屋门前，到处都是苍蝇、蚊子，没有厕所，随意屙"风流屎"和撒

"方便尿"。教育条件也很差，全大队只有一所小学校，读中学的学生涉海走路到 20 多公里外的防城县城就读。群众吃的粮食每年都要靠国家统销粮和挑着鱼虾到山区换取玉米木薯来吃，"玉米糊糊""木薯团团"是三餐的主粮。在农业学大寨时有一个要"跨纲要"的口号，白沙沥人也提出三个"跨江要"的口号。即粮食跨江要（"江"指防城江、江山江），柴米油盐跨江要，老婆也得跨江要。吃水更困难，全村只有三口井，常常带有咸苦味。人们常常等到海水退潮后才敢去挑水吃，尤其一到旱季，井水干枯，天天排很长很长的队伍等水，少则三四个小时，多则八九个小时。所以，白沙沥素有"滴水贵如油"的说法。后来，建港后港务局新建了两口新的水井，供应港口码头职工用水，白沙沥的群众也可以使用。历史上人们给白沙沥留下了一首顺口溜："有女不嫁白沙沥，水也艰难来柴米也难……"

到了 20 世纪 60 年代，历史开始改写了这个小岛。中央决定在这里隐蔽修建战备码头，定名为"广西 3·22 工程"。白沙沥人的苦难终于结束了。1968 年开始建港，1983 年建了 1～3 号泊位，在建港期间大部分土地被征用，国家给予了适当的补偿，解决了一部分群众的生产生活问题，也逐步招收了一部分农民为国家职工。1979 年政府又将农村人口转为城镇人口，彻底解决了吃粮难的大问题。

渔州坪大队管辖有老竹笼、红星、大龙山、白鸡笼、西茶、珠沙港和松柏笼等自然村，人口约 4000 多人。主要以浅海作业为主，兼种少部分水稻和旱地作物。每年种红薯季节，大量砍伐海榄树（即红树林）作为肥料，严重破坏了海滩涂的生态平衡。他们的生活状态与白沙沥相同。随着南防铁路的复工建设和港务局发讯台建设，征用了渔州坪的大部分土地，1985 年渔州坪群众由农村户口转为城镇户口，彻底解决了吃粮难的问题。

渔业大队，只有 100 多人。主要是以深水捕捞作业为主，作业工具主要有 6 艘 300 匹马力的灯光捕鱼船，海产品产量较佳，社员收入较好。

防城港镇政府没有固定的办公场所，职工干部也没有宿舍，全镇 20 多名职工干部挤在一幢"3·22"建港工程的石头瓦房里办公，工资很低，没有什么福利，连自来水也吃不上，生活比较困难。镇政府没有我和曾荣书记住的房子，只好在港务局招待所住了一段时间，后来因受港务局照顾，搬到港务局宿舍住了几个月。我和曾书记吃饭在镇政府饭堂，每天的饭菜也很简单，不是咸鱼就是红螺和青菜。因为当时港务局只有一个国营商店和一个小饭店，下午 4 点钟就关门没有东西卖了，也没有固定的菜市场，只有一个路边的临时市场，东西不多，下午 3 点左右就散摊了。没有什么文化活动场所，港务局只有一个很小的灯光球场和一个"3·22 工程"留下来的旧礼堂，劳作之余、饭茶之后，人们只能三五成群凑在一起玩扑克和下象棋了，有时偶尔能看上一场电影，再没有别的可娱乐了。

在机关待惯了的我，吃完晚饭只有一个人孤孤单单地站在山头上，遥望着大海，看看飘摇不定的点点风帆，数一数路上稀疏的行人，大口大口地呼吸着那带有咸味的海风。每当夜幕降临，仰望着天空，像孩儿一样数一数天上的星星或者面对着大海，看着海上打鱼人家发出的点点灯火。每当回到那昏暗的房间，独自一人躺在床上时，想想明天的工作，想到在钦州的家人，他们的生活等事情，翻来覆去，久久不能入睡，总感觉生活孤独、无味。曾有一个朋友说的，每当吃完晚饭一走上山头，看到小小的港湾和海堤上稀疏的行人，心里就难受发慌，就想哭。这大概是创业之初防城港人共有的心态吧。

我报到的第三天一直在忙开会，协助建港指挥部和港务局筹备开港工作。自治区的领导陈辉光、覃应机、韦纯束，交通厅的张文学、石槐林等人经常来检查指导。张文学副厅长、防城港的建港指挥长石槐林坐镇指挥。我当时还兼任防城港指挥部行政组副组长，专门负责协调地方驻港单位和中直、区直驻港单位的"脏乱差"的社会综合治理和后勤供应工作、治安保卫工作。这一工作是地委领导指示我们镇要完成的第一件工作，也是自治区领导亲自指示我们要做好的工作。所以，我们镇先把别的工作放一放，全力以赴把这项工作抓实抓好，做到了万无一失。最终达到了干干净净迎开港，顺顺利利搞庆典的目标，得到了领导的高度赞扬。

1983年10月1日上午9时，防城港1~3号泊位开港。自治区党委、政府领导隆重宣布："广西有了自己的大港口，而且正式对外开放。"出席庆典的自治区领导有陈辉光、韦纯束、覃应机、张文学等。

在开港筹备工作中，我初步显示出了自己的组织和协调工作能力，自己也获得了一些成功经验。在组织和协调驻港单位的工作方面，密切了与这些单位的关系，增强了共同建设管理好港口的理念。如，一开始港务局总是认为自己财大气粗，以老大自居，而中直、区直驻港单位认为我是上级单位，你港务局老大我比你更大，互不理解。地方政府认为你港务局装老大就让你大吧，反正你干你的，我做我的互不来往，工作协调不了，处于被动局面。地委把我调任镇长时，时任港务局党委书记刘际赏同志很高兴，时任局长邵以龙也很高兴，经常邀请我参加建港事务的会议，也在会上经常说镇政府的好话，我也很乐意地为港务局做一些工作。但我也敢于说一些有利于关系调和的话，也经常提议港务局为民办一些有利的工作，得到了港务局的认可。后来港务局也做了一些力所能及的事，兑现了一些政策性的承诺。

在协调涉外单位的问题上，有一件事我认为做得较好。即在开港之前，为了以新的面貌迎接开港典礼，我作为镇长和行政副组长出面召集了驻港所有单位领导或办公室主任会议，布置环境卫生工作问题。接到通知后绝大多数的单位领导或办公室主任都按时到会，唯独海关没人来，办公室接二连三电话催促，在会议将要结束时才派了一名门卫参加会议，对这件事我当时很恼火，认为这种现象这一股风气非刹不可，不刹今后政府没有威信，不刹"老大"的思想就整不了，就无法有新的环境。所以，我在会上就这事做了严厉的批评，要求海关关长到镇政府说明情况，并交代食品站停止向其供应瘦猪肉，粮食供应站暂停海关一号大米的供应，供电所、水厂停止供水、供电。这一招震动很大，效果很好。第二天海关关长上班果真来到镇政府做了检查，表示今后要在当地党委、政府的领导下开展工作，请政府给予谅解。过不了几天，镇里召开人大代表会议，我告诉关长，不是代表的单位领导只参加大会可以不参加讨论。他说，我一定自始至终参加会议。后来，他确实一天也不拉，一直参加会议。从那次以后社会上反响很大，镇政府威信大大提高了，镇政府的工作也好做多了。

这是当镇长要做的头一两件事，可算是比较完美。接着第三件事是理顺关系，消除群众怨气，发动群众发展生产提高生活水平问题。这件事是最棘手的事，也是事关社会稳定的大事，由不得半点马虎。做不好要得罪港务局，处理不好又会影响群众。所以，这件工作太难！

要解决这一问题，首先要做详细的调查研究。既要尊重历史又要面对现实，既要倾听群众的呼声也要因地制宜从实际出发，既做到解决实际问题也要做到合情合理，让群众充分认识到：防城港的建设不仅仅是港务局一个单位的事，而是关系到国家建设的大局。港口建设好了，会推动国家的发展，带富带活一片地方。

不少群众和原镇政府干部反映，港务局在建港之初的征地、搬迁、赔偿中遗留很多问题。如不兑现合同、赔偿价格低、不安排劳动就业等等。因而群众怨气大，村、企、群意见分歧大，已形成一个水火难容的局面。过去在建港施工中，群众曾多次出来阻挠，造成不能正常施工，如插排尾村黄泥岭施工的纠纷等。经过深入的调查研究，我听取了群众的诉求，查阅了一些历史的资料，并学习对照相关的政策，肯定群众所反映的问题尽管过急了些，扩大化了些，但大多数是实事求是的，是符合情理、又符合当时的政策法律的，应该分期分批按政策来处理、来兑现，给人民群众一个合理、合情、合法的答复，唯有这样才可逐步消除群众心中的不满，营造一个宽松的建港环境。我一方面带着问题，诚恳而又负责地与港务局协商，寻求解决的方法；一方面书面报告上级人民政府，寻求上级政府的支持。经过努力，终于解决了一些长期以来得不到解决的问题。有些问题虽限于条件暂未能解决，但已把思路理清，把可操作的方案摆了出来，达到解除群众思想上的疙瘩，消除村、企误解，团结向前搞建设的目标，使群众开始相信政府是为人民办事的政府。

前前后后，镇政府着重解决了五大问题：一是把港务局原征用白沙沥的土地面积、地界桩线分清，明确征地的范围和亩数；二是分清征地的类别、赔偿价格，兑现征地款项；三是继续理顺征地合同的各种条款；四是安排劳动就业，一次性安排50名群众为合同制装卸工人；五是一次性拿出350万元用于白沙沥群众住房改造和搬迁，并成立一个小组进行了设计规划和前期准备工作。

在赢得群众对镇政府信任的基础上，进一步调动群众生产的积极性，充分发挥拥有海洋资源的优势，大力开展捕捞作业和利用海滩涂进行养殖。当时，人工流水线养殖青蟹、对虾、大蚝逐步兴起。我们镇的流水养蟹经验较为成熟，出了不少养殖能手，村民蔡辉在流水养蟹中一举成名，曾作为养殖专家到加蓬共和国指导渔业生产。

为确保南防铁路防港段的顺利施工，保证按时通车，搬迁工作作为重中之重。这个任务是艰巨的。建港征地搬迁留下了一系列的问题还没有完全处理好，怨气怒气消除未尽，可以断定，我们镇政府将会陷入一片咒骂声中。

一天中午一点多钟，我刚刚拖着疲惫不堪的身子到镇政府办公室门口，还没有停放好自行车，就有一群老百姓和铁路工人蜂拥而上，七嘴八舌说："二号山头出大事了，我们的房子全部倒塌了""铁路佬打死我们老百姓了，请苏镇长救救我们吧"。操着四川口音的铁路工人们群情激奋，又说了一大通。我把他们劝走后，喝了一碗稀饭便带上派出所的两个干警骑上自行车急急忙忙赶到了出事地点。远远看去黑压压一大群人，一片咒骂声、哭喊声、怒吼声、乱成一片。走近一看不得了，里三层外三层，一层包围着一层，老百姓不相让，铁路工人更不相让，整整相围了 5 个多小时。我看了这个势头有点不妙，太阳又那么大，再僵持下去会造成很多人中暑，后果就难以想象了。便果断指示铁路指挥长，要求铁路工人发扬工人阶级先锋队的主人翁精神，顾大局，首先把工人撤离现场。接着要求村支部书记识大体，把农民队伍带离现场。然后由派出所介入调查处理，打人的以伤论罪，损坏了群众利益的按政策给予赔偿。但铁路方不答应，提出现场马上捉拿打人的群众，并让群众给铁路方赔礼道歉，才把队伍撤离。我一听便火了，大声地说："指挥长同志，那这个事由你处理就行了，还要当地政府处理干什么呢？"我说完拔腿就走开，骑上自行车往回走。这一招可灵了，没等我走出百米远，铁路指挥长开着车赶上来了，一边道歉，一边表示听从政府的处理。我说："指挥长同志，既然你请我来了，你就必须相信我是有办法而且有能力去处理好的，现在我再说一遍，请你们先把队伍撤离现场，我们几方面人员再坐下来研究处理，请你放心。"经过协调，不一会儿双方的人员都撤离了现场，避免酿成大的流血事件。

双方人员撤离现场后，我们马上集中到铁路指挥部研究分析事件发生的原因和事态发展过程，并研究了解决办法。与会人员认为：一是在二号山头施工放 30 吨重的炸药，药量过大，造成危险性大；二是预先没有同当地政府通气，预防措施不力；三是附近都是民房而且质量都很差，又没有做好防范措施。因此，这个事件的起因在于铁路方。铁路方在放炮取土中造成民房损失的，由铁路方按政策补偿；对于老百姓打伤工人的事，责成派出所立案侦查，依法处理。对于事态发展布控不好，措施不力，没有很好引导双方撤离现场造成事态的发展和扩大的问题，地方和铁路方都要认真总结经验教训，以免今后再次发生。事后组织了三个工作组：第一组为治安事故处理组，由派出所所长负责对事故打伤人的人员进行调查处理；第二组为群众思想教育组，由一名副镇长负责，对群众进行法律政策教育宣传；第三组由地方、铁路方组成，对群众损失进行清点、合理赔偿。大家经过一个星期的工作，把打人致伤的个别群众给予适当罚款并拘留7天，损坏民房进行了全面的清理丈量，按照规定给予了赔偿。这样做群众高兴，被处置的人员也服法，铁路方也高兴。正如元自流（廖民圣）写的《为了一个海滨城市的诞生》的报告文学中所描述的：

    本来南防铁路的修筑，对偏于一隅，交通闭塞的渔沥岛人来说，无疑是雪中送炭。但村里人思想就是不通，拿了征地款还是不通，在防港2号山头，当地群众与铁路工人发生了大规模的对峙，一方是荷锄举锹，连老婆子也红着眼睛拿起石块。一方是持钎握锤，四川汉子戴上安全帽，围堵、对骂、推搡已历时两个多小时，一场殊死的"搏战"说不定就在刹那间展开。

    苏维生赶到现场，他立即被夹在中间，一旦搏战开始，他首先就是受害者，这个中央民族学院毕业的大学生，这个在钦州地委统战部做过多年统战工作的人，现在要让两支"友军"同时放下武器，避免"火拼"，又要使他们相互理解，进而为同一目标工作。他理智地意识到这种"统战"工作多么不容易。他又是地方公务员，既要对当地人民的利益负责，又要对国家负责，要把两种正在激烈冲撞的利益立刻融洽起来，又多么不容易。但他别无选择，他想，事不成则牺牲而已。

他稳稳地站定，没有丝毫的怯懦，依然和平日一样庄重而亲切开始演讲。演讲，中国许多干部不习惯，大会小会照本宣科，但苏维生有演讲的本领，有条理有感情。声调不高却有很强的穿透力。他叙说土地的来之不易，他叙说人恋故土之情，他论证土地转换后带来的跨越，他论证建设一个现代化大港口所付出的代价和获得的报酬。当然，他还庄严宣告了国家的法令，渐渐对峙的双方消失了敌意，可能发生的流血事件被化解。这不仅是人们相信了苏维生的一席"说教"，更是从日常诸多的接触中了解他们镇长坦诚的真情……每日每夜奔忙的辛劳都是为他们过得好，包括后来对挑动闹事者的证词，他们也都表示理解和支持……

作者这篇文章如实地再现了当时的情景，也确切地阐释了我的胸襟——做一个敢于担当、临危不惧的人，是一个党政领导最基本的素质。

二号山头处理好了，但三号山头，四号山头，直到七号山头都是很棘手的事。如四号山头的爆破取土要搬迁整个村庄，即松柏笼村，也即现在的防城港火车站，开始征地拆迁时困难很多，群众意见大，但那里的群众基础好，大队干部素质高又都是苏姓，所以我一到村里做工作，他们大都很给面子。按国家政策给予补偿后，家家户户都按照规定，很快完成搬迁。

但最困难、最棘手的是零公里处，与港务局港内铁路交接处的白沙沥东头村山头，每当施工放炮时，都受到部分群众阻拦，甚至发展到与铁路施工人员打架的程度。有一天早上，白沙沥村20多名妇女群众挑着粪水泼淋施工人员和施工机械，造成施工被迫停止。少部分妇女一边淋大粪一边指着工人的鼻子骂，骂我们镇干部是"卖国贼"等很难听的话。因工程受阻，第二天早上，我和建港指挥部的严守智同志到现场，也被骂得狗血淋头，什么脏话臭话都讲了，什么难听的话都骂开了。等她们七嘴八舌骂个够以后，我才开始发话，我从建设的大局、从法律的角度、从人际关系、从人的道德观念、从老百姓目前的受益和未来的发展都给她们理论了一大番，不少的群众听了，也渐渐安静下来，不久就逐步散去。但是就有那么三四个人骂得更加厉害了，甚至要拿起扁担打人。我一边耐心做工作，一边阻止个别人的不良行为，当然对劝阻不听的个别人也强行带离现场，工程才继续开工。过后，不少群众对我的表现都感到满意，对我事后说话的兑现也很满意，施工单位也满意，港务局方也表示满意。

记得还有一次规模较大的群体事件。这事震惊了整个港务局，震惊了防城县，也震惊了钦州地委的领导。事情是这样的，1984年初，春雨绵绵，当时负责港区内铁路施工的中国第十一冶金施工公司，在高岭、松柏岭、档耙岭一带放炮取土。老百姓提出"放炮的药量过大，会震坏房屋的意见"，有一定的道理。一是因为要放炮取土的地方与老百姓的住房相隔很近；二是药量多了一点；三是老百姓的房屋结构很差，全都是泥砖瓦房，最长的近80年了，最新的也已近10年的房子了，都没有抗震能力。但老百姓把这一切都归罪于港务局，个别群众经常阻拦施工，造成工程延期。港务局急了，施工单位急了，镇政府急了！为了解决这个问题，钦州地委指示，防城县委要高度重视并派出强有力的工作组进驻白沙沥，彻底解决建港中遗留的问题，保证工程正常开工。县委工作组较庞大，抽调了一批部、局领导和公、检、法领导组成，工作组由时任防城县委副书记黄如虎同志担任组长。工作组吃住在港务局招待所，早出晚归，耐心细致地做群众工作，并与港务局协商兑现建港中存在的遗留问题。按照工作组的安排，一天早上，我就带上镇干部和派出所所长及两个干警冒着大雨到村里做群众工作。大约9点多钟的时候，突然间听到两声枪响，不久就有几个群众跑回村里大嚷大叫说："工作组开枪打死人啦，大家赶快出去呀，否则会死更多人呀！"

我想，如果是真的打死人了，就糟啦！我没有半点犹豫，立刻带领派出所干警直奔现场。远远看去，有几个人在前面拼命地跑，后面有黑压压的一大帮人在追赶。在港务局北大门的海堤上，黑压压的人群、车形成一堵水泄不通的城墙。你哭我嚷，说话声、吵骂声、喇叭声混为一体。我上气不接下气，好不容易跑到海堤边，看见县委副书记黄如虎和几位工作组人员被围困在海堤上，前进不得后退不能。老百姓的骂喊声，一浪高过一浪，说"什么工作组同港务局同穿一条裤""要把'花面龟'交出来""还我土地，我要生活，我要工作"等等。场面一片混乱，很难收拾。

这时候县委书记唐英同志也到了。人们见到书记来了不但不停止吵闹，反而吵骂得更凶、更狠了，并把他紧紧包围住，而且围了好几层，真可以说是水泄不通。看到这种势头，我估计这样闹下去，不但没有什么好结果，还有可能会危害唐英书记的人身安全。我强行挨近唐书记，对着他的耳朵说，这里待下去会有危险，也解决不了问题，而且影响交通，我们不如引导群众回到村里说吧。唐书记当即点头同意我的意见。我便大声地说："乡亲们，唐书记是为了解决群众的问题而来的，现在唐书记要到村里查看你们大家的房子，请大家回家等着吧。书记看完以后请大家到小学开会，有什么问题可以提出来解决。"说完我便拉着书记往村里走，群众一边骂也一边跟着回到村里，这样不到 10 分钟大家都离开了现场，开始恢复堵塞了 5 个多小时的交通。

我陪着唐书记挨家挨户查看了被震坏和震裂的房子，再回到了白沙沥小学开会。我做了个开场白，唐英书记开始讲话，他讲到了房屋被震坏的实际情况，也表示诚恳接受大家提出的意见，承诺立即组织清理工作组调查登记，责成施工单位一定要合情合理给予补偿。讲得入情入理，许多村民都表示理解。但也有一些村民还喋喋不休说三道四，甚至还有个别人扬言要打书记。唐书记讲完话后，我接着表态说了几句，就宣布散会。群众中大部分都已消了气，但仍有个别人说不行，不赔钱不能散会等等。我们不理个别人的那一套，陪着唐英书记离开了会场。

这事过后，我们镇里组织了一个班子，配合县委工作组共同调查核实了房屋被震坏的情况，并同第十一冶金建设公司进行协商，最后给予群众基本满意的赔偿。经过几次这样大的纠纷事件的处理，老百姓对我更加信任，我也在工作中积累了更多的经验，从中学到了上级领导的工作方法，可以说越来越成熟了，也真正品尝到当干部的苦、乐、哀、愁，人间百态。在想办法完成上级交给的任务以外，我也积极为镇集体谋福利。如镇里承包了白沙沥村的鱼塘，第一年每人就发生活费 200 元，干部职工很高兴。又如当镇长的第一年冬天就给镇里的每个干部职工发了一件军大衣，解决职工取暖问题，得到了大家的好评。又如在经济特别困难的情况下，请求县政府给拨款 12 万元新建了一幢有 16 套住房的干部职工宿舍楼，解决了镇干部住房困难和防城港镇无房产的历史，并为部分干部的家属子女解决了非农业户口和部分家属子女的工作。

1984 年 3 月，正是我工作最紧张、最困难、最需要有人相伴支持的时候，我老婆放弃了舒适的工作和都市的生活，带着我妈和女儿投奔防城港吃苦来了。小货车经过 4 个多小时的颠簸后，在镇政府宿舍的山坡上停下来，当她们走下车时都被惊呆了。我女儿说："爸，这是什么地方呀？"我妈说："这就是防城港吗？怎么会住在山头上呀？"我老婆也想不到防城港有那么差。晚上没水洗澡，也没有电，只有点煤油灯。我女儿就哭就闹要回钦州住。当时防城港确实很困难，路只有一条从防城到渔氵万又弯又小的沙石路；水井的水不够用，只好在山塘边挖一个小口，水是苦的，煮汤、煮菜都不用放盐的；没有市场，只有路旁几个摊位，也买不到蔬菜吃，只有家家户户自己开荒种菜。小孩入托上学困难就更大了，镇、村没有幼儿园，港务局只有一所只能照顾本单位职工子女的幼儿园。白沙氵万有一所"三不像"的村小学，我的女儿就在这两所学校度过了她的小学时代，也使她懂得从小跟着爸爸在海边长大，跟爸爸一起吃苦。现在想起来对女儿小时候的学习、生活感到内疚。

在任镇长期间，为渔州坪全村解决了农转非和白沙氵万漏迁入群众的农转非，为港务局解决了约 300 多户老建港工人家属子女的农转非，也为南防铁路部分老铁路工人家属子女解决了农转非，使他们安心工作。这件事上下反映良好。

为解决渔洲坪群众农转非的粮食差价问题，还有一个难以忘记的小插曲。渔洲坪群众农转非差价约需区人民政府补贴 18 万多元。我带了报告，经自治区人民政府办公室第五秘书处审批后，再带审批文件到区财政厅计财处要拨款。接待我的是一个 50 岁上下的女处长，姓李。她看了文件后说："这个钱不能给，这个差价补贴没有先例，请回吧。"把我送出门口，她就下班回家吃午饭了。我静静地站在门口看着远去的这位女处长，我想政府都批准了，为什么她不给钱呢？正想着恰好有一个隔壁办公室的同志给我说："李处长好人，她都在两点钟提前上班。你等着，她下午一定会给你拨款的。"我听了很高兴，说了一声："谢谢您！"这样，我和司机赶紧到附近餐馆吃了一碗米粉，便在她办公室门口守候。等到近下午两点钟，不远处听到了嗒嗒的高跟鞋声，我估计李处长来了。便在头上歪斜地戴上一顶草帽，手拿着装有 5 斤螃蟹的蛇皮袋，装着在睡觉，时而发出一点点的鼾声。当李处长走近时一眼看到我，便大声说："苏镇长，你醒醒，你还在这里等我呀。你吃饭了没有？"我睁开眼睛说："李处长，我不要到钱，哪里敢回镇呀，老百姓不把我丢进大海呀？"她见我这样说，便说："苏镇长，苏镇长，你起来，我工作几十年都快退休了，没有见过你这样有耐心、有爱心的乡镇长呀，太感动了。我马上给你批。"就这样，她把我拉进办公室，马上在文件上签上"同意拨款"及她的名字并盖上公章，然后把批文给我。当时我哭了，说了几声"谢谢"，并把装有螃蟹的蛇皮袋留下，便一溜风跑出了大门，李处长在后面拿着蛇皮袋追赶……

当镇长期间虽然办了一些好事实事，群众领导都给了很多的好评和赞扬声。但也有一些干部出于不良动机，想把我扳倒，给我编造了不少坏故事，并扣上了"黑帽子"，说了我不少坏话。在我从政生涯中，第一次被诬陷，背黑锅，也造成个别上级领导的误解。这在我的政治生涯中留下了一个很深很沉的烙印。这一烙印，不但使我永远记住了这些整人的人，也让我更明白了一个做人做官的道理：光明正大，不怕打击；与人为善，绝不整人。

房地产公司经理。1985年3月，国务院批准14个沿海城市对外开放。防城港与北海作为一个整体名列其中。5月份，广西区党委、区人民政府批准成立防城港区工作委员会和管理委员会，时任交通厅副厅长张文学调任工委书记，张景哲任管委会主任。我出任房地产公司经理，仍兼任镇长。公司有着双重身份与双重任务，既代理行政职责又担负着企业的职能，既要为政府征地搞建设又要搞房地产开发。这是一个全新的单位。真是"新兴家不如旧败势"。当时，工委、管委交给我的任务是要尽快筹措资金，为工委、管委建办公大楼，还要建一批干部职工宿舍，一批标准厂房、医院、中小学校、幼儿园。要征用0.63平方公里的土地建设一个行政中心区，要征用火车站一带土地做居民住宅区，要征用石板田2000亩土地做工业区用地等等。

按照工委、管委的指示，抽调了一批人逐一开展工作。首先是征用和平整土地，建办公楼、宿舍楼、标准厂房。渔氿岛的地形复杂，要挖山填海才有立屋之地，工程浩大。但我们仅用16个月就建成了一幢气势恢宏、高达10层的办公大楼，摆脱了借用港务局旧公寓办公的局面。接着又分别在几个区域建了12幢宿舍楼（就是管委一、二、三区宿舍）、2幢标准厂房（现在的百货商店、百家汇商场）……这些建设项目图纸审定以后，严格按照施工设计，日夜挑灯，加班加点，24个小时连续不停地干。宿舍楼大部分是当年建设当年投入使用的，办公楼、厂房是在16个月内完工交付使用的，市医院、中学、小学

（含宿舍）、幼儿园都在 18 个月交付使用，而且质量都达到良好。

为了筹措资金，我跑遍南宁、北海和港内的各家银行，风尘仆仆、奔波劳累，求爹爹拜奶奶要贷款。钱有了，但钢材紧张又得求港务局买一些，但缺口仍然很大。后来征得老干部苏渊、张宪的同意，又用了 3 天急急忙忙到武汉钢铁厂找已退了下来的厂党委副书记陈明达同志（曾参加十万山革命、在东兴县任过县委书记），要了 500 吨钢材，大大地弥补了钢材缺口，加快了建设速度。

要讲这 500 吨钢材，那是来之不易。本来当天中午开车到南宁接上两位老同志后直奔桂林的，但车子坏了，直到晚上 10 点才能发动，凌晨两点钟到南宁，到处找旅店无门，当时又饿又困，没法子便开车到民族大道立交桥底下露宿。但根本无法入睡，来往汽车的震动声和喇叭声、蚊子虫子在头上嗡嗡的叫声，让人想睡也睡不了，一直苦苦挨到天亮，脸都没洗一把便去接人赶路了。共跑了三天一夜好不容易赶到了武汉，又连续两天串门找人办事，马不停蹄地往回赶，总算拿回了 500 吨钢材。

基建工程正常展开后，我们又开始对中心区、站前区、石板田工业区的土地进行征用。我们一天到晚工作在田间地头，午饭在村里吃、在工地吃，生活艰苦，工作开展也很艰难，老百姓思想工作也难做，天天挨骂、挨饿、受冻，甚至受到恐吓。但不管遇到什么困难和阻碍，我们都想尽办法克服，仅用短短 3 个月的时间就完成了 3 个小区的土地征用。工作得到了工委、管委领导的高度赞扬，人民群众也感到满意。就在这节骨眼上，有天晚上，一个年轻人提了一个手提包敲响了我的宿舍大门。

我以为是来访客人，让他屋里坐，并递烟沏茶给他。然后，问他有何事找我，他说有重要的事找我。当时我一家四口还有五小姨、堂大嫂在场，他说客厅里人多不方便，我说到阳台我们俩慢慢说吧。他说也不行。那我用征询的口气问他，究竟在哪里谈好。他说在房间里关住门谈。我说那绝对不可能的，如果这样不能讲那样也不方便讲，今天就不讲了，有什么事明天上午 8 点钟到办公室谈。我便开门送客，他也没有说什么，一声不吭地走了。后来，我一直在想这人可能有点心病或什么心事，也可能在施工中本公司管理人员扣减工钱或是吃拿卡要了他的工钱，或者他发现我公司有重大工程疏漏问题，或重大经济犯罪的情况。家里的人认为这个人有些神经质，我说，不管什么事，癫也罢不癫也罢，明天再说吧。那时，已夜深 11 点整了。

第二天上班，从早上 8 点到 10 点，我一直耐心在办公室等待那个年轻人的到来，好好听他说个究竟。左盼右看，都没有见人来。约 11 点钟时，这个年轻人突然来到办公室，二话没说丢下一封信拔腿就走。我觉得很奇怪，静静地看着这个年轻人，直到看不到人影了，才轻手轻脚拿起这封信。打开一看信是这样写的：

"苏维生经理：昨天晚上我带了一袋子的炸药准备炸死你及你全家的，但没有炸。今天，你要准备 10 万块钱给我，下午五点在邮电局门口等我。否则，今晚我会炸死你及你全家。"

看完这封信我都气炸了，觉得这个年轻人不是我想象中的可怜虫，而是一个彻头彻尾的坏人，绝对不能让这样的人得到半点的好处，只能尽快向公安局报案早日捉拿坏人，才是唯一的办法，这事来不得半点的迟疑。当即，拿起电话给公安局陈景奇局长报告了这件事的经过。陈局长当即表示，要组织警力马上布控侦察。不到半个小时，民警许军便带来两名干警到我办公室，了解了事情的经过并详细看了信件以后，便开始侦察工作。

第三天下午，陈局长给我打电话说此案已破了。我很高兴，一再对陈局长表示感谢。后经了解，此人就是我宿舍楼一楼住的黎景海科长的侄子，初中毕业以后跟着叔叔在港口，好吃懒做，什么事也不想干，买了一台手扶拖拉机拉东西，一年后连拖拉机也卖了，手头没有钱，年关又到了，想来想去无法子便做出了这个举动。当公安局抓他的时候，他还在插排尾租来的房子里做美梦呢。把他带回派出所问话时，哭哭啼啼坦白交代了全过程。案子告破，公安局征求我有什么要求时，我说，怎样处置由你们公安办理吧。

房地产公司经过一段时间的努力，盖了办公楼、宿舍楼，成立了机械施工队，购买了 4 台装载机、20 台东风自卸车，还购买了 1 辆进口德胜牌小汽车，是当时工、管委企业界第一台进口汽车，也是当时工、管委唯一拥有机械施工的企业。它在大多数人的眼里是一件好事，但在个别人那里眼又红了，恨不得我撞车翻车倒大霉。

开发建设总公司副总经理。1987 年 9 月，港区工委、管委提任我为建设总公司副总经理兼房地产公司经理。总公司管辖有房地产公司、建材公司、建筑公司、机械公司、木材加工厂等企业。当时这几家公司都是防城港开发建设的顶梁柱，承担着防城港区大部分的房产开发、土地的征用开发，承担着绝大多数的建筑安装工程、土石方工程和部分木材加工。如房地产公司承建了兴港大道的慢车道，人行道，宿舍一二区的第一幢至十二幢的宿舍楼，工、管委办公楼（现供电局大楼），一号和二号标准厂房（现百家惠超市百货商场），石板田四幢标准厂房，并负责征用了白沙沥、车辽、珠沙港、何屋和石板田所有的土地，并盖了公司的办公楼和职工宿舍楼，后来建了市委、市政府办公楼，与南宁合建了风帆大楼，引进广东吴川建海狮大厦等工程。

建筑公司承担了房地产公司的部分工程和社会一部分排污排水和道路工程，并建了职工宿舍楼，有了一批固定资产和较充裕的流动资金（第一任经理吴亦远、第二任经理张建益、第三任经理颜善忠）。颜善忠把宿舍楼建好出售后，公司赚了两三百万元，后来又在石油站旁盖了一幢宿舍楼。当时，建筑公司可以说有一席之地了，可以吃香喝辣的了。

机械施工公司是由房地产公司机械队为基础组建成的（第一任经理龙尚河、第二任经理黄乃云）。公司所有承担的土石方任务都由建委或建总指令性安排，最好的时候可以日挖运土石方两三万立方米，日产值近 10 万元，安排近 100 人就业，施工机械近 100 台（辆），固定资产已达 1000 多万元，为职工盖了宿舍楼。从机械施工队发展为机械施工公司，挖运了白沙沥的挡耙岭、高岭、松柏岭、火烧岭、平石岭、狮子岭的大量土石方，回填平整了兴港大道、汽车站、茅草港、东港小区、站前区、西茶道班、石板田等地方，后来又参加了八公里大道的路基工程建设，为防城港的建设做出很大的贡献。

木材加工厂也相继成立，颜善忠由房地产公司工程科长出任厂长。古话说"新兴家不如旧败世"，木材厂成立以后遇到很多困难和问题，本港区需要做的木制品很少，所以吃不饱要常常外出找饭吃。厂里有一段时间还生产过塑料桶等。虽然生产势头不是很好，但也能维持下去。

到了 1988 年的下半年，总经理沈继昭调动，我自然而然主持了总公司的全面工作。但当时遇上全国经济不景气，港区的发展也受到了严重的影响。正如时任工委书记张文学半是幽默半是苦涩地说："防城港搭上末班车，半路来了一个急刹车。"就这么个气候，要想公司来一个大发展是不可能的，坐着等活干等饭吃也是不可能的，必须有一个立足本地积极主动向外找饭吃的理念。因此，总公司除了房地产公司外其余向外找饭吃，由于总公司上下积极努力，承担不少工程，每个单位不但发得出工资、补贴，也发了不少奖金，还有不少积累，比起经济发展总公司、商业总公司、物资总公司不知好得多了。现在，建总的老职工们仍很惦念过去建总的年代，几十年过去了，他们仍称呼我为苏总经理，或简称苏总。每当我听到这样的称呼，不期而然地想起当总经理期间的一幕幕，留恋不已。

1989 年年初（实际从 1988 年中就开始了）边境贸易悄悄地开始了。我利用能懂越语的特长，引导总公司做起了越南煤的生意，很红火。第一批货主要供给海南八一砖厂，合同第一批货三船煤 10 天内必须在海口码头交货，共 300 吨，买方预付 150 吨的货款。但合同签订不久，台风来了，所以货拖延了一个星期才到，这批货只有 200 吨而热卡也只有 4000 多一点，所以买方以卖方拖延时间、吨位不够、热卡低等，不愿付余下货款。后来去人去函催了几回，无效，公司少收了 1.5 万元。好得提前预防了这一手，否则会亏得更多。

日后，我们做的煤生意越来越大，专供浦北寨圩水泥厂，原先货款按时付，但后来水泥销售不佳，最后以货易货拉水泥回来搞建设，两全其美。

不久工委、管委领导叫我临时当边贸公司的第一任总经理，给我从公安、税务、工商、边检站等抽了一批人，在西茶搭起炉灶，做起了边贸生意，越做越大，越做越红火。边贸进来的货物主要有水草、煤、木头、烂铜烂铁，出去的货物有玻璃、水泥、钢材等。每到海水涨潮期，站在西茶往大海望去，一般都能看到有五六十艘越南船满载着货物向西茶边贸口岸码头驶来，心情很激动。边贸，给防城港实实在在带来了大量的财富，带动了服务业，也促进了港区的基础建设。

但西茶边贸好景不长。事情是这样的：一是西茶边贸是工、管委自己定的，没有经过自治区批准；二是偷偷进来了镍板和一些禁止进来的货物；三是说越南船上有枪；四是江平、企沙等口岸眼红告状。这四点原因除了第三点失实外，其余都是真实的。事情是这样的，有一天我去南宁办事，那天来了很多边贸船，边检站覃参谋检查一条煤船时发现一件自动步枪的枪机，因覃本人是都安籍人，讲话时又夹杂壮语，加上在电话上汇报心里有点紧张，一下把枪机说成是机枪。因此，引起了自治区边贸办高度重视，马上派员调查。过后指示：一是工、管委领导到南宁汇报检查；二是马上停止西茶的边贸点。

当时，李明星书记派我同工委秘书严守智去汇报。当我们到了自治区边防办时，正在等待听汇报的领导是曹金养主任。我把工委的意见和我们的来意说明后，曹主任说，我同明星是老朋友了，想他来一起谈谈边贸问题，他既然没时间来你们就汇报一下吧，不要说检讨那么难听的话。我们汇报完以后，他说，你们俩回去传达我的意见，西茶边贸点就不要搞了，以后中央来检查谁都不好说话了。这样，我们就带着领导的指示向李明星汇报。不久，西茶边贸就收摊了，防城港区的边贸就搁浅了好几年。

建委第一副主
任。1989 年下半
年，时任港区工委
书记、管委主任的
魏述让同志调回南
宁工作，原防城县
委书记李明星升任
工委书记兼管委主
任，原管委副主任
兼建委主任的郑应

时任住建委主任工作照

炯同志不再兼任建委主任，我便从建总到建委当第一副主任
（按李明星说的主任是正处级，要区组织部批准任命的，你先
当副的日后再转正），主持全面工作，张建益为副主任。

建委摊子很大，管辖城建、城管、规划、房产、环保、园
林绿化、环卫；下属企业有建设总公司、房地产公司、建材公
司、建筑工程公司、机械施工公司、木材加工厂、自来水公司、
建筑设计院等。当时可以说支撑着半个工、管委，虽然那样大
的架子，但建委本身家底却是空洞洞的，没有一点固定资产，
没有一块砖瓦，干部职工仍租借群众的房子居住。我到任第一
条是搞好面上基建工程；第二条是组织各公司各单位努力完成
任务，按劳分配，多劳多得，实行奖金下不保底上不封顶的奖
励办法，激发职工干部的积极性；第三条是要搞好自己的窝，
解决职工的后顾之忧。

第一块建委大院选址，就是市委、市政府成立时用的办公
大院。当时李明星书记说，这块地留给市委、市府办公大楼用，

你们另选。第二块选中海关办公大楼这块地,李明星书记又说,不行,此地我留做海关办公大楼。没法,又选中现在建委大院这块地。地有了但钱找不到,怎么办?我只好横下一条心:主动出击借钱找钱。一是房地产的土地钱先打欠条,土地钱暂欠房地产公司的;二是厚着脸皮打报告给管委要点启动经费,报告写20万元,结果批得12万元。不管钱多钱少,说干就干。召集了班子会议,由设计室绘图,具体事宜由办公室主任卢国柱办理,不久三幢一梯两户的楼房开始施工建设,钱不够工头垫一点,建委拿一点,这样三幢楼很快就建起了。1992年开始搬家,一下子解决了42户住宅问题。住宅解决了,但我们请广西设计院设计12层高的办公楼却没有钱盖,怎么办。我又想了个办法,在兴港大道旁先盖了一幢三单元七层高共有42户的宿舍楼,图纸一出手就开始卖楼,每套卖17万元,仅仅三四天就拿回600多万元,除了基建费之外,纯利润有380多万元,这样就解决了盖办公楼的钱了。但楼还没有盖,我就调动工作了。

当时,建委工作很多,工委、管委新的办公大楼要建(事实是为准备成立市委、市政府而建)。大家上上下下都传开,防城港要成立地级市,但也有人说防城港连路都没有成立什么地级市。因此,当时工管委研究要加大投入,加快基础设施建设。要加快医院、中小学校校宿、金海岸宾馆、幼儿园、党校、电影院工程建设进度,确保工程质量。同时,决定新修一条从邮电局开始至生牛卜全长8公里40米宽(当时称八公里大道,现改为东兴大道)、大约耗资3000万元的水泥路面大道。当时,李书记问我,要修路面多宽的路才行?我说不修即罢,要修就修50米宽的路面。当时分管建委的郑应炯副主任和不少的领导都同意我的意见,可是李书记说路宽有30米都足够了吧。我接着说，要在防城港建市，要建大码头大港口，要修这条路没有50米也不低于40米。大家说长论短的，最后决定修40米宽的路面。后来，我又提出为了把八公里这条大道修得更好更直些，建议从火车站拉直到道班这段路，要搬迁骆屋部分房子和铁路指挥部的部分房子，需要增加投资400万元。最后，李书记说不要搞直了，就这样定吧，修路钱就由房地产公司向银行贷款，财政局拨部分流动资金。成立八公里大道指挥部，指挥长由管委副主任王权才担任，苏维生任常务副指挥长，覃钰生、刘陶勤、周振新、黄智伟、王廷龙任副指挥长。李书记强调：一是要保证正常通路；二是要保证正常通水；三是保证正常通电；四是任务重时间紧，要按质按量在1992年底前完成，迎接成立防城港市典礼。

会议后，指挥部马上召开会议，分析了问题和存在的困难，安排了工期，确定了各成员的责任。

王权才副主任负责全线指挥，我协助全线指挥和总调度总协调工作，黄智伟任第一段指挥长并负责资金来源及调度，周振新任第二段指挥长并负责办公室的日常工作，王廷龙任第三段指挥长并负责群众工作，覃钰生、刘陶勤任第四段正、副指挥长并负责治安保卫工作。

工程设计：由钦州地区公路段设计室设计，工程质量由自治区交通厅质检站负责，工程勘探、测量放线由建委吴克其、黄佳修负责，现场技术由建委、建总、房地产公司派出苏桂东、黄仁政、谢峰、黄雷等人包段负责。自来水管道的改造由港务局水厂负责，供电线路的走向、维修、架设由供电局负责，电信线路由邮电局负责，交通、交警、公安负责派人维持施工和交通秩序。

工程施工：第一标段由钦州地区公路总段负责；第二标

段由自治区第二建筑工程公司负责；第三标段由北海公司负责；第四标段由防城港区建筑公司负责，工程全部采取招投标方式。

这是我到防城港涉足负责建设的第三条路。第一条是铁路，我们地方不负责修路，只是负责征地、搬迁、做群众工作；第二条是兴港大道，主体路面是港务局交给武汉市政工程公司承建，第二段由人民银行以北到海关楼的主体道路和慢车道、人行道和绿化亮化工程，由建委负责；第三条路，就是贯穿整个渔沥半岛的八公里水泥大道，这个就不容易了，除了建委的正常工作和在建项目工程，下属几大企业的运转要考虑和要做以外，我的主要精力全放在这条路的建设上，务必要确保在1992年底或1993年上半年完成。时间短任务重，在这一年的时间里，我起早贪黑，风里来雨里去，顶着烈日，冒着寒风冷雨，夜以继日，忘我工作。一天到晚不是泡在工地现场，就是转在银行筹款的事情上；不是在处理纠纷与群众磨嘴皮，就是在工地上检查施工质量，总之，一点闲时间都没有。一天只能睡四五个小时的觉，人瘦了，甚至几次病倒了，仍带病去工地去跑资金。我本来皮肤就很黑，经过一年多风风雨雨的洗涤和烈日的暴晒，就像黑人一样散发着黑亮亮的光泽。正如我当时刚满5岁的儿子苏洲说的，爸爸除了牙齿是白的，其余看不到白的了，像个十足的非洲黑人。

1993年5月23日，国务院以国函〔1993〕68号文件决定撤销防城各族自治县和防城港区，设立地级防城港市，6月初临时任命部门领导，我被任命为防城港市建委临时主要负责人，主持工作。期间随自治区建委考察团到新加坡、马来西亚、泰国等国考察。

广西建设系统新、马、泰考察团在香港

　　我记得元自流（廖民圣）在广西文学刊登题为《为了一个海滨城市的诞生》的文章这样写道：

　　1984 年，当防城港区牵扯着全国十四个沿海城市一道走上开放舞台时，不能不自惭——自己简直是衣不蔽体。没有街道、没有车站、没有厂房、没有娱乐场所、没有绿地。一个开放城市应该拥有的基础设施它却一无所有，只有那深邃的海湾才属于它可骄人的财富。港区工委、管委借用港务局的宿舍办公，而当时担任防城港镇长的苏维生却只能在露天菜市场附近一座低矮的瓦房前召开干部会议。

　　1984 年深圳是个什么样子呢？登上高高的商业大厦便可以看到如万花筒般五彩缤纷的市容，宽畅的大道两旁无数楼房从平地崛起，22 层的湖心大厦、罗湖大厦和德兴大厦形成楼的森林，形成一个良好的外来投资环境。广西迟缓了，人们在问："防城港区还能赶上末班车吗？"

那时，我来过防城港一趟，见到光秃秃的山峦被炸药炸开，嶙峋的石丘被推土机推走了，浅浅的海滩被垒起长堤，14.7平方公里的小岛由冷清变得了喧闹，成了一个乱糟糟的大工地。记得，我看了防城港区的模型后，觉得这是一张充满梦幻、瑰丽而又令人奋进的诗。每一幢大厦，每一方街心花园，每一条缀连其间的大道仿佛都是世界建筑的珍奇。

苏维生中等身材，身体壮实，给人庄重而亲切的感觉。那年苏维生只有34岁，他说了家乡的一个民间故事：京族有个美丽的姑娘叫阿妹，为了搭救众乡亲，到大海里去向海神借镇海珠。海神把阿妹变成海鸥。阿妹不甘心，再次到藏珠的地方把海珠衔走。但两次飞返大陆途中都让海神发觉截下，第三次阿妹好不容易又拿到了一颗镇海珠飞呀飞仍然没有逃出海神的魔掌。海神狠狠的一箭穿透阿妹的胸膛，她和镇海珠一起堕落海中，忽然海底爆发出轰隆隆的响声从海中升起三座岛屿屹立在北部湾畔，原来是三颗镇海珠变起来的，从此，海边的京家有了自己的土地——

啊，土地！获得土地需要牺牲。苏维生的心中流着京族人的血液，自从担任开发土地的责任后就愿意做出牺牲。根据港区的发展总体规划的要求，他必须征用数千亩土地。首先要保证铁路用地，然后开发白沙沥小区、中心区、石板田工业区、站前区和仓储加工区，并使之"七通一平"。每个人都知道土地的宝贵，但并不是每一个人都认识土地的宝贵为一个现代化的港口城市奠定基础……

1984年前后，就个人际运而言，是苏维生的黑色日子，他的征地计划受到困难。他面对的是几千年来视土地为命根的中国农民。本来南防铁路的修筑，对偏于一隅交通闭塞的渔沥岛的人来说无疑是雪中送炭，但村里的人思想就是不通，拿了征地款还是不通。施工现场甚至发生过多次纠纷，但最终被苏维生一一化解。

正当苏维生坚决贯彻"基本建设，土地要先行"的指令，夜以继日东奔西跑解决问题时，晴天一声霹雳，他被控告在征用土地中涉嫌受贿。当时主管政法的工委副书记不调查研究，不顾法律程序，要马上严办，好在所谓罪证都经受不了检验与推敲，一场飞来横祸最后烟消云散。

做医生的妻子说，我们来错了地方，出力不讨好，安安稳稳在钦州多好！似乎真的是来错了，正在草创的防城港区，吃的、用的、乐的都缺乏。而他们在钦州，一个在大医院，一个在统战部，两个都是大中专生，不会缺少什么。况且，苏维生是京族人，中央民院毕业生，干好了还不容易升个副部长、部长当当！而辛苦不在算，还挨冤枉！民间故事中的阿妹不是"三盗镇海珠"吗？当代的共产党员难道还不如她？对妻子的埋怨，苏维生亲切地微笑道："只要自己不垮，谁也压不垮！我要在这里工作，在这里做人，不看到这个港口城市的建成，我牺牲了也不瞑目！"

1986年，苏维生调任港区房地产公司经理，1988年，再调任港区建设总公司副总经理。从征地到用地，从行政官到企业家，苏维生的人生历程有了重大的转折。

走马上任伊始，苏维生便着手调查，这是他从事工作以后的习惯，必须了解实情。搞建设就是在一幅白纸上画最新最美的图画，但又与纯粹的艺术不同。作画差了，撕掉重画就是了。建设，特别是大建设，其分量是撕不动的，一定要谨慎从事。

苏维生自信已冲出黑色的日子，步入自己黄金时代。但规划呢？资金呢？人才呢？在他的夹囊中还很羞涩。晚上，他把别人用来看电视、逗孩子、睡觉的时间用来思考和阅读。围绕着"中国特色的、社会主义的、现代化的港口城市"这一构想，反复揣摩、咀嚼。他读了一大批经济类、房产、地产建筑类的书籍，连会计知识也涉猎了一番，从中得到启发。

从房地产公司到建设总公司，苏维生显得更成熟、更得心应手。他一方面抓紧水电、通讯、医院、学校、厂房等基础设施建设，另一方面始终不渝抓好房地产的开发。他深深地懂得，房地产业是国民经济基础的产业，它能引导消费，指导生产，影响着投资环境和整个国家的面貌。几年来，房地产共征用土地2043亩，白沙沥小区、石板田工业区、站前区和仓储加工区已完成"三通一平"，中心区达到了"七通一平"的标准，筹资建成办公楼、厂房、住宅楼等楼房面积51000多平方米，铺成主干道、慢车道、人行道等水泥路面52000多平方米，还建成"居民住宅小区"一个。根据港区优惠政策，已有偿转让土地400亩，出售了一大批商品房。

有远见，肯学、肯钻研，勤勤恳恳地干，有创造性地干，遇到困难也百折不回，他的上升是必然的。采访时，我和苏维生坐在茶园茶座的天楼上品茗，海风微凉，树影婆娑，花香袭人，远远近近的楼房明灯粲然，彩虹闪烁，乐声从九天悠扬泻地，我不禁盛赞苏维生在这几年城市建设中的汗马功劳。他听了，脸上不再挂着微笑，显出严肃的神情说："我们迟了，太迟了！差强人意！"

我问他如何对待他的上升。他说："如履薄冰，战战兢兢。谁不愿意一个城市从无到有，从小到大，非常美丽地从自己的意志中升起？不过，我反复考虑的还是那个主题：有中国特色的、社会主义的、现代化的港口城市，这就不仅仅是资金或单纯的技术问题了。它要涉及国际国内的大气候，涉及经济、政治、文化、历史、人文科学和自然科学等繁复的因素，每一幢楼房，每一条街道，每一个花园，都必须体现建筑、环境、人文的巧妙结合，体现宏观与微观、创造和发展的必然走向。这一切，不是一个任命就使我无所不能啊！何况，我眼前面临的依然是建设一个城市的开端，许许多多的问题等着我们去解决。不求什么奇迹了，稳定、持续、协调地前进吧。"

履新职后仅一年的时间里，苏维生实实在在地办了几件事：

强化城市规划和管理。大力宣传、贯彻和执行《城市规划法》，严格按照港区总体规划要求进行布局，对各种违章建筑做好综合治理工作。他牵头会同公安、工商等有关单位的同志，一次性地对乱搭乱盖的建筑强行拆除或限期拆除。整个过程中，有"钉子户"的顽抗，有说客的缓颊，有办事人的怠懒和拖延，他收敛了微笑，处事雷厉风行，干净利落，数天之内就使港区呈现新貌。

做好环境保护监督、绿化美化港区。他常说："我们这个城市空气新鲜、海水澄明、街道洁净，全国少有。但要防患于未然，10年、20年、50年后都不能出现丝毫的污染，这是我们神圣的责任。"他下本钱搞《我爱环境美》的演讲比赛，出动宣传车经常广播，委托电视台拍摄专题片；另一方面，对于违反《环保法》的，不管涉及什么单位，一律依法办事。城市的绿化他也抓出了成效，目前港区已初步形成道路绿化、庭院绿化、社会绿化的垂直绿化。他提出，路修到哪里绿化就到哪里，楼房盖起来花木也要长起来；打算"八五"期末城市绿化覆盖率和人均公共绿化面积要超过全区平均数。他说，"让本地人和旅游者不管什么都能看到树绿，闻到花香，听到鸟鸣和潮声。"

继续发展商品房，发展和完善市政基础工程。他一再强调发展商品房不能迟缓，务必使未来10年港区人均住宅面积要达12平方米，在设计水平、设计质量和施工能力上都要有新突破。他协助管委制订了《关于外地户口迁入港区的管理暂行规定》，对商品房的购买者实行优惠政策，打破了商品房滞销的局面，购房者有的远至千里之外。为着搞好市政基础工程，他既要统筹安排又要现场指挥。修建中心区大道时，他带领工作组去动员群众搬迁，一户一户地做过细工作，挨了不少骂，受了不少气，但他还是把话说完，把理说完，把法摆完，把关怀和温暖留给不理解的人，直到对方被打动。

关于未来。苏维生很自信地举起茶杯："苦涩在唇，甘美在心。请相信，我们的努力不会落空。既然我们现在已在一张皱巴巴的白纸上画出了这么一张成样的'图画'来，待之以时日，奋搏开拓不已，也定然能创造出比眼前胜十倍、百倍的瑰宝。"

他不再说话，花园茶座里是悠闲的享受，旁边烟草局大厦和海运大楼的雄伟塔吊正追星逐月地创造。

从1983年9月调任镇长到1993年建委第一副主任结束，整整十年。这十年，我老老实实，废寝忘食，勤勤恳恳，埋头苦干，用这十年的青春和汗水谱写一篇又一篇人生的诗篇，记

录我人生事迹。我想用我人生这十年诗篇和记录感召人民，使组织相信我、任用我，使我的人品、事业得到升华，这十年从不向组织伸手，不跑官，不买官，不要官，默默无闻，一心只干事业，结果"副处级"一干就是十年。而那些不做事吹牛皮跑官要官的升迁却很快。这让我醒悟出一个道理"当干部不仅仅靠本事"。但我一直坚信，凭真本事，真功夫，才是自己的，所以不跑、不要、不买，实实在在做人做事。

书记篇

防城港建市之后，设立港口区、防城区、上思县和东兴市。港口区管辖企沙、光坡、公车、渔州坪、白沙沥三个镇两个办事处，土地面积为 338 平方公里，10 万人口。

港口区、区委书记工作照

1993 年 7 月 17 日，中国共产党防城港市委员会以防委会〔1993〕7 号文件任命苏维生同志为中共防城港市港口区委员会书记，王廷龙、陈玉霞同志为副书记，陈丹桂同志为常委（后因为党龄不够改为副区长人选）。时年，我未满 41 岁，到 1998 年 6 月离任，整整做了 5 年。

我从当区委书记那一天开始就意识到"官为民所赋，权为民所用"，一定要珍惜，一定要努力勤奋做事。在名片的背面我用"书记是暂时的，公仆是永恒的"12 个字作为座右铭。

书记主要做几大项工作：一是各级班子的组建和中层领导的配备，提高班子的亲和力和领导能力；二是开展深入的调查研究，编制五年、十年的规划建设蓝图；三是想方设法招商引资，建设一批基础设施。主要是加固长渠水利三面光和维修病险水库，解决光坡企沙农田灌溉用水和企沙城镇居民群众饮水难的问题，维修加固海河堤，保护人民生命财产安全，完善港口到企沙公路，解决乡镇之间、镇村道路的通车问题，解决通电问题，做到村村通电；四是抓好经济建设，发展生产，增加经济收入，提高人民群众生活水平；五是搞好机关基础设施建设，解决机关办公难和职工干部住宿难的问题，以及一些阻碍经济发展和社会稳定的棘手问题。

我在出国前，区党委组织部吴汉副部长、赖德荣处长、李兆焯书记都找我谈了话，交了底，但我回来上任时发现有几个事与原来定的不相同了：一是区政府领导班子的候选人的问题；二是个别常委党龄不够年限的问题。后来小调整了一下，其余的事我不再过问了，只好按组织定的去执行。

港口区筹建实际以港口镇为基础，中层干部都是由港口镇干部提拔起来的，大部分都由一般干部跳到局长或副局长，少部分从防城或企沙、光坡调入和调整，干部的政治素质、文化水平、工作能力、理论功底普遍都低些。他们绝大部分都是高、初中生，有的虽是大学文凭，但都是在职函授的，可以说有文凭、低文化的基层干部，都没有在县市工作过，按市委的一些干部讲就是"乡土干部"。他们当中有个别局长连局长怎样当都不懂，就连一般常规性的讲话都不会讲，所以这支队伍要带好是有一定难度的，这是第一个十分凸显的难题。第二个凸显难题是一个新组建的区，经济底子薄弱，光坡镇是刚改制的镇，是原防城县最穷的乡。公车镇是在附城乡划出几个行政村组合成的，什么家底都没有。企沙好点，但一年财税收入也不过是800万元左右。港口这片一年财税也就1000万元左右。第三个凸显难题是没有办公场所，整个区的办公都挤在原港口镇政府的小房子内，干部职工没有宿舍可住，全部分散租借百姓的房子。第四个凸显难题是没有一家像样的企业，也就是说没有一家能提供税收的企业，都是一些泡沫经济——小额边贸生意。第五个凸显难题是领导班子缺乏县处级的行政经验和党务工作素养。

港口区第一届班子人员是：我（书记），王廷龙、陈玉霞、黄英先为副书记，组织部部长韦山，宣传部部长吴世章，办公室主任何耀宝（不入常委），人大常委会主任黄英先（兼），区长王廷龙，副区长有卢品胜、林业龙、陈丹桂、吴再祝，许国珍是法院院长，温焕章是检察长，公安局局长是梁进喜，黄伟忠是政委。区委后来增加唐宁为副书记，陈玉霞调走后，许政、戴毅、黄道三先后为副书记、纪委书记，届中陈丹桂、吴再祝调整后，项有传、颜善忠调入任副区长，陆建荣为常委副区长，阮茂兴任副书记。

企沙镇书记裴日贵、镇长吴福钦，后继任书记有刘文宁、苏样辉、许政、吕治才。光坡镇书记项有传、镇长黄积坤，后继任书记杜景初、苏辉。公车镇书记吴启祯、镇长苏辉。白沙沥街道办书记邓朝兴。渔州坪街道办书记吴福钦。

虽然港口区地域不大，人口不多，但地理位置十分重要。因在市委、市政府所在地，又是城市的核心区，很多事情不好处理，也不能处理。做起事来困难很多，阻力很大，有的事你想做不能做，也做不了；有的事不由你说了算，这要请示那要请示，你有多好的主张，多少创新的思路，都难以实施。所以，很多工作都要等请示、汇报批准后才能慢慢做。比如说招商引资的项目，区里没有规划权，没有土地审批权，甚至较大的项目也没有立项权。税收好的企业划归市里管，差的、要死不活的留给区里。上面来了领导，超标准接待交由区里来接待，市里某些常委或副市长下来检查工作指名道姓一定要书记或区长陪同等等。

我记得1996年7月的一场台风，风力13级，又下着特大暴雨，沿海的海堤大部分被冲垮，许多病险水库、山塘都不同程度决堤，全区上下都投入抢险救灾。第二天一早，市委办来电说：市委管炳六书记要来检查灾情；不一会儿，市政府办来电说：市长毛旭辉要来检查灾情。刚放下电话，某副市长也来电话要到港口区检查灾情，还点名一定要书记或区长陪同检查。我把市委办、政府办来电告诉他，并派一名常委、一名副区长作陪都不肯。后来我说，副市长同志，检查灾情后要给拨救灾款和救灾物资的，你说了算，你就发话。他想了一下，才勉强同意我们的方案。

港口区虽然小，但历史遗留问题比较多，也很棘手，有些老百姓动不动就上市政府闹事。如1994年4月的一天，白沙沥300多人到市政府闹事，要求补偿东湾吹填区的生产转让费。本来老百姓合理要求是应该的，政府要给予解决，但一时没有得到解决，就上访闹事，这就不对了。当时我们正在召开"两会"，但接到市委指示后立即带领区里的三套班子领导和部分干部赶到现场做劝解，经过两个多小时总算把老百姓劝回家了。针对这一事件，区委认真研究，决定派出吴再祝副区长带上部分有关领导第二天到白沙沥召开征求解决问题会议，但吴再祝带的工作组迟迟没有进村，结果老百姓认为政府欺骗老百姓，所以在少数人的煽动下，上千人扛着铁铲、网具、浅海捕捞工具浩浩荡荡上市政府闹事，把政府大门围得水泄不通。我和区委、区政府的领导怎样解释、怎么劝阻都行不通，在少数人的挑拨下，群情激昂越演越烈，造成干部职工无法下班，车辆无法通行，迫使大院里机关干部甚至部分领导爬墙下班，严重影响了市委、市政府正常工作，阻碍干扰了正常的交通秩序。李兆焯书记等市领导、政法书记和我在五楼开会研究如何解决这一事态。最后会议认定这一事件原本属于正常的信访事件，但

下乡慰问群众

由于少数人的挑拨，事态的性质已经发生变化，已从人民内部矛盾转化为围攻市委、市政府、干扰正常社会秩序、阻拦公共道路交通，造成了不良的影响和社会稳定的群体性事件。会议决定要坚决果断处置，把事态压下去，对挑头人物、重点闹事人物要坚决打击。这样，我们跟几位市领导在政府楼顶指挥公安局开展抓捕行动，一共抓了24个人。其他群众见情况不对头，纷纷溜走，有的把螺耙、抓鱼网具都丢下跑了，现场一片狼藉。事态总算压下去了，这24个人带回公安局问话后，只拘留2人，最后判刑2人，其中有1人外逃（外号叫"北京墨水瓶"），两年后才敢回家。

　　事后区委、区政府以此为鉴，认真分析总结排查不稳定的因素，对群众提出的合理诉求及时处理解决，派出工作组做好

事后的思想工作。这一事件，警示了我们，教育了群众，震慑了一些不法分子，白沙沥、渔州坪的社会环境也有所好转。群众对事件处置有了正面的看法，之后有合法诉求的群众都通过正常的法律程序去解决。

如光坡镇潭油村事件。光坡镇政府为了开发建设潭油码头和船舶修造厂，促进潭油片区的经济发展，1993 年冬计划招商引资修筑一条从光坡镇至潭油公路。但村里几个人挑动百来号村民阻拦施工，动不动就打施工人员，曾多次砸烂施工机械，造成了很大的损失和极坏的影响。区委对这问题专门听取汇报并作出处理意见：通过综合治理，采取坚决措施，维护正常施工，对那些阻拦施工、砸坏机械挑头人物坚决处理，绳之以法。

又如，企沙沙耙墩，1990 年国家轻工部投资开发建设旅游设施，但一直受阻，个别人挑动群众经常阻拦施工，动不动打人、砸烂施工机械，甚至把已经建好的房子砸烂，偷抢建筑材料，致使项目推迟了四年时间无法正常施工。1994 年年底，三套班子带上公检法司和行政机关干部 100 多人进行了一次全面的综合治理，狠狠打击了社会上的黑恶行为，对一些挑头人物坚决打击和依法处理，对广大群众进行法制宣传教育，赢得了社会的好评，取得了良好的经济和政治效果。

可以说，经过这三个事件的处理，港口区的社会治安有了良好转变，建设项目得以顺利推进，经济和社会发展都上了一个新台阶。

1994 年 4 月，知名作家何培嵩在《广西党建》杂志刊登了一篇题为《想起海榄树》的采访录。他是这样写的：

> 苏维生，一个实实在在的人。
> 不知为什么，他总使我想起浅海那礁石群崖边滩涂上

的海榄树。抗风,抗潮,坚韧,根扎得很深。

这是 8 月,在企沙镇熙熙攘攘的渔港码头上,吹着咸腥而温热的海风,他微笑地与我娓娓而谈,那憨厚黝黑的脸庞透出庄重和自信。

这个流着京族血液刚达不惑之年的汉子,1974 年毕业于中央民族学院,学习政治经济。先在钦州地委统战部,后任防城港镇长、防城港区建委第一副主任,再就是现任港口区委书记。

他每一步都踩得很坚实。

二十载从政,什么风雨都见过,他信奉和恪守的自拟的八字箴言:少说、多干、求实、服务。

其意不言自明。

1993 年 7 月,防城港市港口区成立,他也新官上任,他面对的是几乎无任何基础的一张白纸,面对一个陌生而松散无序的新行政区,他没有下车伊始,发号施令,没有烧三把火,威风八方。7 月至 8 月,雨季、烈日、酷暑,他亲率三套班子 12 号人马分头沉下去,整整两个月,没有节假日,晒脱三层皮,马不停歇,踏遍港口区 338 平方公里的 3 镇 2 办事处 56 村公所。他亲口尝了梨子,便生出了胆识和路子。回来,几日冥思苦想,一个切实可行、符合大西南通道和大钦州湾金三角区及防城港市总体建设需求的新蓝图在他的笔下出笼,简言之即是七大困难,六大优势,加上一个含二十项基本建设新设施的"一、二、四、六、七"工程,用他的话来阐释,此乃建设一条大动脉,建设东西两边经济,摆好三大产业位置,促进五大行业发展的港口区总体发展新思路。三套班子无一异议,市领导认为:"很实际,有创见"。

新思路实施了一年，论效益仅以一个指数做对比，那反差是很强烈的。1993 年农业人均收入 918 元，1994 年可达 1380 元以上。而作为估产，到 1995 年工农业总产值将比 1992 年翻三番。

前景自是辉煌的！

这个人做事从来有章法。

当然也有过受挫的时候，比如 1984 年他任防城港镇镇长，征地两村数百名荷锄扛锹斗红了眼、誓死要"寸土必争"的农民眼看要大开杀戒，他连眉头也不皱一下，就跻身于两军中央，抱定一个信念，大不了一个"死"。他演讲、劝诫、呼吁、晓以理和情。整日里粒米不进，滴水不进，终于化干戈为玉帛。又如 1986 年，他被诬陷于征地中造成国家损失 40 万元，因而被"审查"一年多。背负着沉重的精神十字架，他却狠干一年多——依然一如既往地征地，依然以血肉之躯阻止械斗。这样他的征地速度比别的开发区快得多，结局是水清石现。但他的精神、经济和名誉也无端地受损得太多太多。

他的路大抵是这样走过来的，他有目标而从来不迷失过目标，他使我感动，这样的基层干部难得。

我们依依握别，他的手有劲，三菱车开得很远了，我好几次回眸，他还是在那里——伫立在企沙岭茶褐色的滩涂上。

他使我想起平平常常无处不在的"海榄树"。

1994 年 8 月，广西民族大学教授林建华写了一篇题为《苏维生的星期天》登在《广西党纪》上，文章是这样写的：

1994 年 8 月 14 日，又是一个星期天。

　　天刚蒙蒙亮，在防城港市港口区委书记苏维生的家里，一个充满童稚之气的七岁小男孩已叽叽喳喳吵个不停，这就是苏维生书记爱子苏洲的声音："爸爸，今天你一定要带我到海边玩，我要游泳，我要钓鱼，你已经答应过我好几次了，没有一次是算数的。"苏维生面对着儿子嗲声嗲气的请求，他差一点就要答应了。他何常不想带小孩到郊外或海边去玩玩，放松放松呢！但确实没有空闲啊！自从1993年7月苏维生上任当书记以来，他还没有休过星期天。这位渔民的后代，这位刚过"不惑"之年的京族汉子，1974年毕业于中央民族学院，学的是经济。他先在钦州地委统战部工作，后任防城港镇镇长、防城港区建委第一副主任。担任防城港市港口区委书记，使他意识到自己肩上担子的沉重。防城港市是大西南最便捷的出海通道，而港口区又是防城港市政府的所在地，是全市政治、经济、文化的中心。他空闲不起，休息不起啊！投资开发常山小区的港商何新华今天要启程返港，苏维生原定上午7时到金海岸宾馆为他送行的，绝不能因为儿子的要求而耽误工作，他略加洗漱，好不容易哄住了儿子，许愿今天要早点回家与儿子欢聚，于是就直奔金海岸宾馆去了……

　　送走了港商，又匆匆用完了早餐，时间已经过了8点。到哪里去？苏维生踌躇了一下，马上想到了7月中旬特大洪水冲毁的公（公车）企（企沙）公路，他心急如焚，由于交通阻塞，企沙、光坡两镇的大批货物不能外运，大量的海产品不能及时外销而腐烂变质，财税收入锐减，经济损失十分惨重。据可靠消息，昨天晚上堵车到现在还未通。"走！去企沙！"他果决地对司机说。汽车在坑坑洼洼的道路上颠簸了将近两个小时，才到达了堵车的地点。苏维生二话没说，"噔"的一声便下了车，他一边帮助疏通车辆，一边指挥公路抢修。经过约一小时的奋战，车辆疏通了，工人还继续抢修道路。这时苏维生已累得汗流浃背，他一屁股坐在车上，深深地喘了一口气。

回想起刚才的那一幕，苏维生再也沉不住气了，他示意司机开车直奔沙潭江至企沙的临海工业大道所经过的企沙坳顶村，再次站在经济战略的宏观高度，对修建这一大道所产生的经济效益，以及这一大道建成后的辐射范围、辐射强度等做进一步的实地考察。他清醒地看到，要发展经济必须首先狠抓道路建设，要把新开的道路看成是生命路、致富路、腾飞路，真正做到路通、人到、财旺。未来的临海工业大道是一条长22公里、宽100米、投资1.98个亿人民币的特级公路。

已经超过下午1点了，但苏维生仍然时而爬上高处远眺，时而走访群众了解当地资源。虽然是又饿又累，但他感到欣慰，因为无论是从长远规划来权衡，还是缓和当前紧张的交通状况，修筑贯穿港口区临海工业大道的决策是完全正确的。

若不是司机提醒，苏维生真的忘记了时间。赶回企沙镇，在镇政府胡乱吃过午饭，镇领导原想安排小憩一下，但不知企英渔业大队的邱日山队长哪来那么准确的消息，知道苏维生在此，无论如何都要见上书记一面。苏维生和他热情地谈起企英的渔业生产。

不知不觉，太阳已西斜，企沙镇领导一再劝说苏维生另找时间再去沙天沥虾场，但他哪里肯依？时间宝贵得很呢！1994年全面推广养殖的斑节虾长势及效益如何？农民的年纯收入由1993年980元提高到1994年1180元这一目标能否实现？他都要进行认真的调查研究、摸底分析，作为港口区的最高决策者，他必须掌握最具体的、最真实的材料。

入夜，苏维生的三菱车在路上继续颠簸着，道路还没有完全铺好，路边村落的灯火依稀可见，车灯显得格外明亮。此行何去？苏维生突然想起他的老朋友，报告文学作家何培嵩明天一早就要离开防城港市返回首府南宁。他此次前来采访著名的企业家张哨德，苏维生至今还没与他见上一面。在路旁小餐馆随便填饱了肚子，苏维生立即驱车前往海门楼会见何培嵩。目下，教师节在即，港口区所辖的中小学有 32 所，在校学生 15000 多人，教师 800 人，百年大计，教育为本。苏维生要与这位教师出身的作家谈谈。作家也知无不言，言无不尽，与苏维生足足谈了三个多小时。

苏维生回到家，时间已超过了午夜，可爱的儿子苏洲早已进入了梦乡，这孩子等待自己的父亲，确确实实地等了整整一天，他等到了什么？在他进入梦乡的时候，他等到的是忙了一天后悄悄回来、很内疚地看着他的父亲。

广西日报记者庞东霞 1995 年 4 月 6 日在广西日报（四版）写了一篇《为农字下更多精力》的文章，他是这样写的：

在建设大西南出海通道的有利条件下，防城港市的面貌日新月异，作为该市行政中心的港口区，更是商贾云集，开发建设热火朝天，经济发展迅猛。然而，一个不容忽视的事实是，在这个区 9 万多的人口中，还有 70% 是农业人口，这6 万多农民不富，港口区经济建设就难以实现真正的腾飞。

身为港口区委书记的苏维生对"农"字一直是高度重视的。在制定社会经济发展规划时，均优先考虑"三农"

问题。发展农村经济，已成为港口区经济工作的首要任务。

上任伊始，苏维生首先去的地方是农村。他与港口区委"一班人"，翻山坡，走田埂，踏滩涂，访农户，足迹遍及全区29个村公所。深入细致的调查研究，使他对"三农"问题了如指掌，并在此后的一年多时间里做出了一系列决策，采取了一系列有力措施，促使农村面貌有了较大的变化，农村经济有了较大的发展。

"在农业问题上，我们一直把稳定粮食生产放在首位。"在采访中，苏维生强调说。他告诉记者，港口区地理位置特殊，耕地本来就不多。一年多来，港口区党委和政府采取了各种措施使有限的耕地不被侵占，并加大对农业的投入，去年拨款80万元用于发展粮食生产，尽管遇上大灾之年，但粮食总产仍完成了全年计划的96.2%。

农业综合开发及水产业是港口区的优势，苏维生抓住这一有利条件，大上"菜篮子"工程。其中，禽蛋基地的蛋鸭达6万多只，去年上市鲜蛋达110多吨，为农民产生了可观的效益。海水养殖及海洋捕捞产量分别达到了9038吨和27586吨。苏维生说，在农业综合开发及水产业方面，仍有巨大的潜力可挖。今后，港口区将在这些方面投入更多的精力与财力，加大这些优势产业的开发力度，让农民的钱袋子鼓起来。

农村新集镇建设，是牵动农村各产业向城市化迈进的重要步骤。谈起港口区农村集镇建设，当过建委主任的苏维生兴奋地说："港口区所辖的光坡、企沙、公车三镇，现在已经规划或已动工建设了几个漂亮的农村新集镇，与之配套的路、水、电、通信项目亦已上马或竣工。农民们为不久后崛起在田园海边的一座座农民新村而兴奋不已。"

港口区建区一年多来，狠抓"农"字的成效是显著的。但苏维生表示，成绩是昨天的，而港口区要把农村建设好，要把农村经济真正搞上去，仍然是任重道远。今后仍要不懈努力，仍要把更多的精力放在"农"字上。

中国共产党防城港市港口区第一次代表大会，于 1993 年 9 月 5 日召开，我做了题为《全面贯彻落实党的十四大精神 抓住机遇 发挥优势 为促进港口区经济的繁荣和发展而奋斗》的报告。

同志们：

中国共产党防城港市港口区第一次代表大会，在全党全国人民认真贯彻落实党的十四大精神，加快改革开放和现代化建设的新形势下召开了！我受中共防城港市港口区委员会的委托，向大会做报告。

在人大代表会议上

防城港撤区设市，这是党中央、国务院对防城港各族人民的关怀。这一重大决策，对港口区乃至广西进一步扩大对外开放，发展对外贸易，加快大通道的建设步伐，促进沿海、沿边民族区域的经济发展，都具有重大的意义和深远的影响。尤其是我们港口区，是防城港市的"龙头"，在对外开放的新格局中抓住机遇，发挥优势，加快发展，促进港口区社会经济的全面进步，为建设大西南出海通道服务，是我们义不容辞的责任。

因此，我们这次党代会，肩负着振兴港口区经济建设的历史重任。全区广大党员和各族人民，对我们这次大会寄予极大的希望；全市社会各界和驻港中直、区直单位以及与港口有业务联系的各国朋友，对我们这次大会都予以极大的关注。我们相信，经过全体代表的共同努力，我们首次党代会，一定开成以团结求安定，以开明求民主，以务实求开拓的团结、胜利的大会。

一、撤镇设区以来的工作回顾

我们港口区委目前下设 4 个党委、79 个支部，共有党员 1560 人，占全区总人口数 2.12%。在撤销港口镇，成立市辖港口区的几个月来，全区各级党组织和广大党员，在自治区党委工作组、市委、市政府的指导、领导和关怀下，认真贯彻"一手抓筹建，一手抓经济"的批示精神，解放思想，团结务实，大胆探索，勇于创新，为迎接港口区首次党代会的胜利召开，做了大量的具体的工作。具体表现在以下几个方面：

第一，理顺区域关系，搞好交接工作。

第二，加强地方基层政权建设，切实抓好选举工作。

第三，坚定不移地抓紧抓好经济工作。

二、今后工作的设想

根据党的十四大确定的任务和市委书记关于发展防城港市经济的指导思想，结合我们港口区的实际，今后五年，我们发展经济的指导思想是：坚定不移地全面贯彻执行党的基本路线，坚持以经济建设为中心，按照发展社会主义市场经济的要求，利用区域优势、资源优势和政策优势，深化改革、扩大开放；采取筑巢引凤、引凤筑巢双管齐下的办法，形成全方位的开放新格局，以开放促开发，努力改善投资环境，建立一批能带动港口经济进一步发展的产业项目，大力发展第三产业，千方百计增加就业，为把港口区建设成为文明、繁荣、富裕的新区域而奋斗！

根据这一指导思想，我们港口区今后五年经济发展要达到的主要指标是：1998 年完成国民生产总值 20.6 亿元，年均增长 40%；农业总产值达 2.3 亿元，工业总产值 3.6 亿元，乡镇企业总产值 7.7 亿元，分别年均增长 20.5%、40% 和 40%；人均纯收入 3563 元，年均增长 20%；人口出生率要控制在 10‰以下。

要实现上述目标和各项指标，必须付出辛勤的劳动和艰苦的努力。全区各级党组织，全体共产党员和广大人民群众都要进一步解放思想，换脑筋，破除狭隘、守旧观念，打开区门、镇门和村门，扩大开放。抓住有利时机，发挥好区位优势，大胆摸索、大胆实践，用好用活用足各项优惠政策；要树立信心，要团结一致，务实开拓，百折不挠，艰苦奋斗，扎实工作。

（一）进一步加强农业的基础地位，全面发展农村经济

农业是国民经济的基础。在扩大开放、深化改革的新形势下，我们对农业的基础地位的认识在任何时代都不能动摇。大力发展农业，一是要切实转变观念，二是根据市场需要和本区实际，合理调整农业种植面积和产品结构。宜粮的水田都要种上水稻、玉米等粮食作物，通过深耕细作、配方施肥、推广良种等措施，提高单产，增加总产。其他 25 度坡以上的旱地，则由生产者根据自然资源和市场需要，因地制宜地发展甘蔗、花生等经济作物，以及建立一批水果和蔬菜生产基地。各级领导要高度重视农业生产，要为农民排忧解难，切实解决好种子、化肥、灌溉等问题。

全港口区的海岸线长约 170 公里，滩涂面积达 8400 亩，海滩多，水质好，发展水产业条件很好。我们要充分利用这一区域优势，使水产业有一个新的突破，使之成为我区的一大支柱产业，成为北部湾第二大的渔业基地。一是增加投入，发展大型渔船，提高深海远洋捕捞能力。二是采取国家、集体、个人

一齐上的方针，鼓励和扶持群众发展海水养殖。三是加强水产品养殖技术的研究、推广和应用，努力提高单位面积产量和产品质量。四是发展一批海产品加工业，逐步形成生产、加工、销售一条龙，力争 1995 年海产量达 3 万吨，2000 年 6.6 万吨，捕捞量 2.6 万吨，年养殖量 8000 吨，年均增长 15% 以上。

目前全区的森林覆盖率已达 45%，我们要在这个基础上，继续艰苦努力，力争 2000 年消灭全部宜林荒山，2000 年森林覆盖率达 85%。今后五年，我区畜牧业要有一个大发展。我区畜牧业目前食肉产量仅达 1830 吨，力争 1998 年肉类产量达 4555 吨，年均年增长 20%。

我们必须抓住当前市场经济体制建立健全转换经营机制的有利时机，乘设市的东风，发挥区位优势和资源优势，用好用活中央、自治区给予的一系列优惠政策，多渠道筹集资金，充分挖掘潜力，几个轮子一起转，个人集体一齐上。要继续贯彻"积极扶持、合理规划、正确引导、加强管理"的方针，因地制宜，发挥优势，统筹规划，大力发展，力争 1998 年乡镇企业总收入达 9.1 亿元，总产值 7.7 亿元，实际税收 35.56 万元，利润总额 6361 万元，各项经济指标增长速度均达 40% 以上。

（二）大力发展工业和第三产业

我们要借助这些有利条件，抓住有利时机，瞄准国际市场，实行以技术密集型企业为主，技术密集型、劳动密集型相结合，大中型项目为主，大中小型相结合，短线企业为主，长、短线企业相结合的方针，上一批起点高、规划大、见效快、具有港口特色的工业企业体系。

人们常说："靠山吃山，靠海吃海"。而我们既有海，又有山，既可吃海，又可用山，山水兼吃，以吃海为主。一是大力开发港口，建一批民用码头、渔用码头、杂货码头，力争在这方面有一个重大突破。另外，要千方百计地筹集资金，增加资金投入，购买船只，发展运输企业。二是优先发展与本地资源开发和为港口服务的、与港口功能延伸密切相关的外向型工业。三是发展以农副产品、海产品为原料的轻工加工业。四是抓好现有企业的整顿、扩建和技术改造，挖掘现有企业的潜力。五是大力发展第三产业。

（三）抓好社会主义精神文明建设，为加快发展港口区经济建设提供精神支柱和良好环境

一是加强思想政治工作。

二是大力发展教育事业。

三是推进社会主义民主和法制建设。

四是广泛开展群众性的社会主义精神建设活动。

（四）坚持党的领导，加强党的领导

一是加强思想政治建设。

二是抓好领导班子建设，提高班子的整体素质。

三是坚持党的群众路线，保持和发展党同人民群众的血肉关系。

四是搞好基层党组织的建设，充分发挥基层党组织的政治核心作用和战斗堡垒作用，发挥共产党员的先锋模范作用。

五是坚持、持久地抓好党风和廉政建设。把各级领导班子建设成为政治坚定、勇于改革、务实创新、团结协调、廉洁勤政，同人民群众保持密切联系，全面贯彻党的基本路线的坚强集体。

1994 年 4 月 9 日港口区委员会一届二次全会召开，我就如何学习领会十四届三中全会、市委一届二次会议精神，结合 1993 年工作情况和 1994 年的工作做了报告。

同志们：

中共防城港市港口区第一届委员会第二次全体会议今天开幕。这次全会的主要任务是：进一步学习领会党的十四届三中全会通过的《中共中央关于建立社会主义市场经济体制若干问题的决定》；传达贯彻市委一届二次全会精神；总结我区1993年的工作，研究1994年的工作；审议通过《中共防城港市港口区委员会关于1994年我区国民经济和社会发展计划的建议》。现在我向同志们传达中共防城港市委一届二次全会精神，讲三方面问题：

一、中共防城港市委一届二次全会的概况和主要精神

二、关于1993年的工作情况

本区党委、人大、政府三套班子领导一手抓筹建，一手抓其他工作，全区上下一致，群策群力，基本完成筹建工作，在经济建设和其他方面也取得了较好的成绩：

——国民生产总值达2.02亿元；

——工业总产值达6529万元，增长38.9%；

——农村经济发展速度快。全区农业社会总产值达4.1092亿元，增加2.3092亿元，增长127%；农业总产值1.33亿元，增加4384万元，增长49%；农业综合开发和利用有了新的发展，水产品总量2.84万吨，增长24.6%，水产养殖面积2.7万亩，比上年增加0.81万亩，产量完成0.64万吨，比上年增长45%；海洋捕捞总量2.19万吨，增长7.1%；

——乡镇企业总收入增幅较大。全年总收入2.9亿元，增长50%；总产值2.78亿元，增长191.5%；

——农民人均收入稳步提高。人均纯收入918元，增长幅度2%。

——边贸进出口总额2.368亿元，增长48%；

——财政收入完成 2892 万元；

——港口货物吞吐量完成 40 万吨；

——计划生育工作得到落实。人口出生率 14.68‰，自然增长率 9.28‰，计划生育率 67.4%，人口不合理增长得到有力控制。

筹建工作方面，召开了区第一次党代会和第一届人代会，产生了港口区党委、人大、政府三套领导班子。接着召开了区团代会、妇代会，成立了港口区团委、妇联。到去年底，建立健全了区直各部、办、局，各职能部门基本上能正常运转。完成了企沙镇和光坡镇的换届选举工作，成立了公车镇党委、公车镇筹备处，与此同时，为撤销防城港镇、设立三个街道办事处和成立华侨镇做了大量的准备工作。

精神文明建设方面，我们围绕加快改革开放和经济建设，加强改进思想政治工作，重视新闻宣传工作，重视城乡精神文明建设。

民主法制方面，我们以建区和各镇换届选举为契机，进一步坚持和完善了人民代表大会制度，深入开展普法教育，进一步增强人民群众的法制意识和法制观念，创造了良好的社会环境。

党的建设方面，我们坚持用党的十四大文件精神和邓小平同志建设有中国特色社会主义理论武装广大党员干部的头脑，进一步提高广大党员干部执行党的基本路线和政策的自觉性，为新兴的港口区经济建设的发展创造了一个朝气蓬勃、安定团结的政治局面。

廉政建设方面，取得了阶段性的成果。

其他工作方面，取得了一定成绩。

从我们自身工作去总结，有如下体会：

（一）坚定不移地贯彻执行党的路线、方针、政策，按照市委、市政府的部署进行工作。

（二）坚持不懈地抓理论学习，抓思想教育，提高广大干部群众的理论水平和思想觉悟。

（三）区三套班子领导充分发挥主观能动性。

（四）了解实情，结合实际，用集体的智慧做出大胆的、科学的决策与操作性强的实施办法。

（五）在对改革开放、经济建设和各项工作的具体指导下，注意抓住重点，抓住关键环节。

（六）坚持民主集中制的原则，形成并巩固各级新的领导班子团结。

三、关于1994年的工作意见

1994年要认真抓好以下几项工作：

（一）认真学习《邓小平文选》第三卷，积极、全面、正确地贯彻党的十四大、十四届三中全会、自治区党委六届七次全会和中共防城港市委一届二次全会精神。

（二）坚持以经济建设为中心，遵照"持续、快速、健康"发展的方针，力争国民经济的增长达到预期目的。

1993年我区经济获得较大的发展。1994年我们要进一步解放思想，抓住机遇，深化改革，扩大开放，加快发展，力争继续实现经济较大幅度的增长。今年我区的国民经济和社会发展的主要目标是：

——国民经济生产总值29000万元，比1993年增长43%（比1993年，下同）；

——工业总产值8500万元，增长30%；

——农业总产值14962万元，增长13%；

——粮食播种面积0.48万公顷，总产量1.59万吨，增长1.9%；

——造林面积0.0267万公顷（全部为工程化造林）；

——全社会固定资产投资额20000万元；

——乡镇企业总收入50000万元，增长73%；总产值47800万元，增长72%；

——外贸进出口总值700万美元；

——实际利用外资1000万美元；

——社会商品零售总额6560万元，增长23.1%；

——财政收入计划安排3155万元，增长9.1%；

——港口吞吐量80万吨，增长100%；

——农民人均纯收入1100元，比上年增加200元；

——人口自然增长率控制在15‰以内，多胎率控制在8.2%以下，计划生育率达81%以上。

（三）围绕社会主义市场经济体制的建立，加快改革开放，扩大对外开放。

（四）坚持"两手抓"，加强精神文明建设，努力推进社会主义民主与法制建设。

（五）加强党的建设和党的领导。要建立社会主义市场经济体制，进一步增强党组织的凝聚力、吸引力、战斗力，更好地发挥党的核心领导作用。要进一步加强各级领导班子的思想作风建设，提高班子的整体素质。要改进工作作风和思想方法，今年是推进改革的重要一年，任重道远。切实加强党的基层组织建设，把基层党组织建设成为团结带领群众实现党的奋斗目标的战斗堡垒。要坚持惩治腐败与扶持正气相结合，大力宣传廉洁奉公的先进典型，弘扬正气，促进和保证我区改革和经济建设顺利进行。

1994年11月5日召开港口区第一届委员会第三次全会会议。这次会议的主要任务是：进一步学习领会党的十四届四中全会文件；传达学习并讨论如何贯彻落实四中全会和自治区党委六届八次全会、市委一届三次全会精神；研究在新的形势下我区进一步加强党的建设的措施。我代表区委讲两点意见：

一、关于市委一届三次全会会议情况和主要精神

市委一届三次全会于 10 月 25 日至 26 日召开。出席这次会议的有市委委员 27 人，候补委员 3 人。市纪律检查委员会、市直和驻港单位副处级以上的党员干部列席了会议。会议由市委常委主持，市委书记李兆焯同志在会上做了重要讲话。

二、关于贯彻十四届四中全会、自治区党委六届八次全会和市委一届三次全会精神，进一步加强我区党的建设的意见

（一）联系实际，认真学习领会四中全会和自治区党委六届八次全会、市委一届三次全会精神，提高抓好党建工作的自觉性

（二）认真按照四中全会、区党委六届八次全会和市委一届三次全会的部署，切实抓好加强党的组织建设的三个环节

第一，认真坚持和健全民主集体制。

第二，认真抓好党的基层组织建设。

第三，培养和抗干扰德才兼备的领导干部。

（三）进一步加强对党建工作的领导

加强对党的建设工作的领导，是各级党组织的重要职责，是党要管党的最重要最基本的要求。

加强对党建工作的领导，当前在抓好党的组织建设的同时，要注意继续加强思想建设和作风建设。党的建设工

作，组织建设是基础，思想建设和作风建设是根本。为此，必须进一步抓好理论学习，不断提高广大党员干部尤其是领导干部的政治水平和理论素养。

进一步加强党的建设，团结和带领全区各族人民，为把防城港市建设成为文明、富裕、繁荣的现代化国际性海滨港口城市多做贡献！为我区的经济腾飞努力奋斗！

1996 年 3 月 8 日召开了港口区第一届委员会第四次全会会议，我做了很简短的讲话：

同志们：

中国共产党防城港市港口区第一届委员会第四次全体会议今天在这里召开。这次全会，是我区在"八五"计划与"九五"计划交接期召开的一次很重要的会议。会议的主要任务是：审议通过《中共防城港市港口区委员会关于制定国民经济与社会发展"九五"计划和 2010 年远景目标的建议（草案）》；总结 1995 年工作和部署 1996 年工作。

这次提请全会审议通过的《中共防城港市港口区委员会关于制定国民经济与社会发展"九五"计划和 2010 年远景目标的建议（草案）》是经过深入调查研究，反复征求各方面意见后形成的。区委常委认为，区委的《建议（草案）》坚持了党的基本理论、基本路线和基本方针，既体现了中央、自治区党委和市委的精神，又符合港口区的实际，总结的成绩和经验是实事求是的，提出的奋斗目标、指导思想、主要任务和措施是切实可行的，也是鼓舞人心的，希望同志们认真审议，共同研究，进一步补充、完善。

1995 年，我区坚持以邓小平同志建设有中国特色社会主义理论和党的基本路线为指导，继续把握"抓住机遇、深化改革、扩大开放、促进发展、保持稳定"的全党全国工作大局，进一步处理好改革、发展、稳定的关系，解放思想，努力工作，在改革和建设上迈出了坚实的步伐。各级领导和广大党员干部广泛深入学习邓小平同志建设有中国特色社会主义理论，政治素质不断提高，增强了执行党的基本路线和建设社会主义市场经济的自觉性和坚定性。全区国民经济持续、快速、健康发展，主要经济指标大幅度增长；社会主义精神文明建设和民主法制建设提高到一个新的水平。党的建设和廉政建设得到进一步加强。全区经济发展，政治稳定，社会安定，民族团结，各项事业都有了新的发展，城乡面貌发生了新的变化，人民生活水平进一步提高，这充分说明了 1995 年我们的工作是扎实的，取得的成绩是显著的。取得的成绩，从根本上说，是党的路线、方针、政策正确指引的结果，是市委、市政府正确领导和全区各族人民共同努力的结果。总结一年来的工作，我们的体会主要在几个方面：第一，坚持以科学的理论指导我区改革和建设的实践；第二，坚持从实际出发，走符合我区区情的发展路子；第三，坚持经济和社会协调发展；第四，加强党的建设，保证各级领导班子上下团结协作。当然，在总结成绩的同时，我们也清醒地看到我区经济指标增幅虽大，但绝对量小，我们同先进地区比，差距仍然很大；我们的基础设施还不够完善，严重制约着经济和各项事业的发展；我们的工作中还有不少薄弱环节，仍需今后努力改进。

根据中央、自治区和市提出的未来 15 年的奋斗目标、主要任务和基本政策，结合我区实际，制定国民经济和社会发展"九五"计划和 2010 年远景目标,对于促进我区改革开放和现代化建设具有重要现实意义。我们的基本思路是这样:"九五"时期,国内生产总值平均增长速度为 20% 以上,力争走在"三区一县"的前列。到 2000 年,实现人均国内生产总值比 1995 年翻一番以上,基本消灭贫困现象,人民生活水平总体达到小康;加快建立健全现代企业制度,初步建立社会主义市场经济体制,为把我区建设成为现代化海滨城区打下坚实的基础。到 2010 年,实现国内生产总值比 1995 年翻三番以上,人均国内生产总值跃上一个新台阶,建成全市、全自治区甚至全国经济强区;人民的生活更加富裕;逐步建立比较完善的社会主义市场经济体制;逐步将我区建设成为第三产业发达,第二产业支柱突出,第一产业基础牢固,城市基础设施完备,科技教育先进,物流、客流、信息流、金融流功能齐全,辐射能力强,覆盖面广,交通、港口货物进出流畅,资本更好得到优化配置,经济和社会持续发展,社会主义精神文明建设和民主法制建设具有较高水平的现代化城区。

同志们,这次会议审议的是事关全区党的建设、经济建设和社会发展的重大问题,内容多、时间紧,希望与会同志以对党的事业忠诚、对人民负责的精神,以高度的政治责任感提出意见和建议,集中精神开好会议,圆满完成大会预定的各项任务。

在这里,我提几点要求:①要认真学习文件,掌握文件的精神实质。②要理论联系实际,把学习全会文件的精神同各自的实际情况结合起来,总结经验,找出不足,研究改革和发展的措施。在审议《建议(草案)》时,希望大家集思广益,进一步补充完善好,以便更好地指导全区的工作。

③要集中精力，这次全会时间短、任务重，春节过后，我们又将进入紧张的工作状态，大家要集中精神，抓紧时间，共同努力，把会开好。

最后，预祝全会圆满成功！

1997年1月14日召开了港口区第一届委员会第五次全会会议，我在会议上做了一个报告，主要讲三个问题：

一、认真学习贯彻党的十四届六中全会和自治区党委七届二次全会以及市委一届六次全会精神，抓好我区的社会主义精神文明建设

党的十四届六中全会于1996年10月7日至10日在北京举行，全会通过了《中共中央关于加强社会主义精神文明建设若干重要问题的决议》和《关于召开党的十五次全国代表大会的决议》；自治区党委于1996年11月11日至14日在南宁召开七届二次全会；市委一届六次全会于今年1月8日召开。

（一）市委一届六次全会的概况和主要精神

（二）切实加强我区社会主义精神文明建设的意见

今后一个时期我区社会主义精神文明建设的指导思想是：以马列主义、毛泽东思想和邓小平建设有中国特色社会主义理论为指导，坚持党的基本路线和基本方针，加强思想道德建设，发展教育科学文化，以科学的理论武装人，以正确的舆论引导人，以高尚的精神塑造人，以优秀的作品鼓舞人，培育有理想、有道德、有文化、有纪律的社会主义公民，提高全区各族人民的思想道德素质和科学文化素质，团结和动员全区人民努力把我区建设成为富强、民主、文明的现代化城区。

主要奋斗目标是：在全区各族人民中牢固树立建设有中国特色社会主义的共同理想，牢固树立坚持党的基本路线不动摇的坚定信念；实现以思想道德修养、科学教育水平、民主法制观念为主要内容的公民素质的显著提高，实现以积极健康、丰富多彩、服务人民为主要要求的文化生活质量的显著提高，实现以社会风气、公共秩序、生活环境为主要标志的城乡文明程度的显著提高；在全区范围内形成物质文明建设和精神文明建设协调发展的良好局面。

实现上述目标，必须切实抓好以下几方面工作：

第一，要正确估计建区以来我区社会主义精神文明建设的形势。

第二，深入学习党的十四届六中全会精神。

第三，加强我区社会主义精神文明建设的具体措施。

（1）坚持不懈地开展群众性的精神文明建设活动。

（2）加强思想道德建设，倡导文明健康的生活方式。

（3）进一步加强精神文明硬件建设的力度。

（4）建立健全宣传文化机构，充分发挥各职能部门的作用。

（5）加强社会治安综合治理，维护社会稳定。

（6）把加强精神文明建设与实施"三严四自"工程有机地结合起来。

（7）在不断增加对精神文明建设硬件投入的同时，切实抓好软件建设。

二、实事求是地总结和评价 1996 年的工作

（一）抓住机遇，加大改革开放和建设力度，实现国民经济持续、快速、健康发展

1996年国民经济各主要指标取得大幅度增长。全区实现国内生产总值 6.7 亿元（90 年不变价，下同），比上年增长 40%（按可比价，下同），工业总产值 4 亿元，农业总产值 3.65 亿元，乡镇企业总收入 17.5 亿元，分别比上年增长 64.6%、14.1%、54.8%；内外贸易方面，外贸进出口总额 1189 万美元，比上年增长 73.1%。

第一，全面实施奔小康工程，农业丰收，农村经济全面发展。

第二，工业生产平稳增长。

第三，基础设施和重点项目建设速度加快。我们实行重点项目领导分工负责制，将 39 个基础设施和重点建设项目全部责任到人，加大基础设施建设，使基础设施建设扎扎实实地推进。渔洲城投入资金 2420 万元；公车新城完成投资 723 万元，已平整土地 480 亩；白沙沥村改工程今年完成投资 600 万元；光坡集贸市场建设已完成土地平整；企沙渔港疏航和整治在总投入已达 764 万元；大沥码头的扩建继续进行，完成投资 65 万元；企沙 110KV 输变电工程已开工建设，进展顺利；通信设施进一步完善，企沙 3000 门程控电话已在年初全线开通。

第四，改革取得新突破，对外开放进一步扩大。全年实际利用外资 1105 万美元，比去年增长 10%。外贸进出口总额 1189 万美元，比上年增长 73%。边境贸易也克服重重困难，全年成交额 13200 万元，比上年增长 27%。

（二）加强精神文明建设，促进社会各项事业的协调发展

（三）党的建设和廉政建设得到进一步加强

1996 年工作主要体会是：

第一，坚持以科学的理论指导我区改革和建设的实践。

第二，坚持从实际出发，走符合我区区情的发展路子。

第三，坚持经济和社会协调发展。

第四，坚持扎实的工作作风，确保工作落到实处，抓出实效。

三、关于1997年的工作意见

1997年我区工作的指导思想和总体要求是：坚持以邓小平同志建设有中国特色社会主义理论和党的基本路线为指导，贯彻落实党的十四届五中、六中全会精神，正确处理改革、发展、稳定的关系，切实推进两个根本性转变，加强农业基础地位，加快奔小康的步伐，搞好国有企业改革和发展，大力发展第三产业，加快基础设施建设，提高对外开放水平，积极培育新的经济增长点，实现国民经济持续、快速、健康发展；切实加强党的建设，加强社会主义精神文明建设和民主法制建设，保持社会稳定，推进社会全面进步。

（一）认真贯彻落实党的十四届五中、六中全会精神，大力推进社会主义精神文明建设

（二）认真贯彻全区和市的经济工作会议精神，抓"九五"计划和2010年远景目标的实施工作

1997年我区国民经济主要指标初步安排为：国民生产总值8亿元，增长20%，工业总产值4亿元，增长36%，农业总产值4.15亿元，增长12%，乡镇企业总收入22亿元，增长40%，总产值20.5亿元，增长40%，固定资产投资1.2亿元，增长14%，零售物价格指数涨幅控制在8%以上，农民人均纯收入2200元，增加200元。外贸进出口总额1300万美元，增长30%，边贸成交额1500万元，

增长 20%，实际利用外资 1400 万美元，增长 18%。人口自然增长率控制在自治区规定的计划范围内。我讲几点意见。

第一，发挥优势，加快培植新的经济增长点。

第二，加快基础设施建设。重点抓好六个一工程和三个大闸的要求，突出抓好"2258"工程项目。

第三，进一步深化改革，扩大开放。

第四，依靠科技进步，转变经济增长方式。

第五，做好财政金融工作，多渠道筹集资金，保持固定资产投资规划的适度增长。

（三）坚持两手抓，两手都要硬的方针，促进社会各项事业的发展

（四）全面加强党的建设，进一步密切党群关系

1997 年 11 月 21 日召开了港口区第一届委员会第六次全体会议，我就学习、贯彻落实十五大、自治区党委七届四次全会和市委一届八次全会精神，讲了四点意见：

一、自治区党委七届四次全会及市委一届八次全会情况和主要精神

自治区党委七届四次全会于 10 月 15～16 日在南宁召开。市委一届八次全会于 10 月 23～24 日召开。

二、准确把握十五大精神，增强加快改革开放和发展的紧迫感

三、贯彻落实十五大精神，加快我区改革开放和发展的步伐

总的要求是，以十五大总揽全局，解放思想，抓住机

遇，突出重点，落实措施，加快我区改革开放和发展步伐。通过实施三大战略，建立三个经济区域，突出五个重点，实现我区高速、高效、超常规发展目标。

（一）实施三大战略

实施三大战略，即实施以港兴区、开放带动、多轮驱动战略。

（二）建立三个经济区域

即渔沥岛行政和港口作业区、光企半岛西部临海工业区、光企半岛东部的渔业区。促进全区经济的快速、协调发展。

（三）突出五个重点

第一，加快以渔洲城为重点的城镇建设和基础设施建设。

第二，调整农村产业结构，加快农业综合开发，促进城郊型农业产业化。

第三，加快开发一片海。

第四，加快工业发展。

第五，发展为港口配套服务的商贸业、房地产业、旅游服务业、交通运输业。

四、以十五大精神为动力，努力做好当前工作，全面完成今年各项工作任务

（一）继续深入学习宣传十五大精神

（二）理清思路，狠抓落实，切实抓好经济工作，确保完成和超额完成今年的任务

（三）加强综合治理，确保一方平安

（四）切实关系群众生活

（五）坚持反对用公款请客送礼

（六）认真做好换届的准备工作

（七）勤政、廉政，团结拼搏，确保今年各项经济目标和任务的完成

我任 5 年的区委书记的时候，在当时来说，算是比较年轻的，但与现在比，年纪还是大了一点。但我深深地体会到当一名区（县）委书记的确不容易，要当好、要让老百姓认可更不容易。我有几点体会：一是基层基础的功底要扎实，也就是说你要当好区（县）书记，你就必须有乡镇书记、乡镇长的经历和经验，不从基层摸爬滚打出来，做起事来就不是那样的顺畅，不是那么得心应手；二是情况要明，也就是要深入实际，深入基层，与老百姓经常在一起调查情况，了解民情，这样既听到了真话，得到真心和真爱，也得到了真经，这样做起事来得心应手，少走弯路；三是视民如子，要关心群众，爱护群众，帮助群众，为他们做好事、做善事，不要与民争利，帮助他们发展经济，共同富裕；四是思维要敏捷，思路要清晰，也就是说凡事都要三思而行，对事物的分析要有科学性，要有超前的意识和理念。要敢于做事也要敢于断事；五是群众的事要办，更要办好办实，群体性事件要耐心冷静处理，做到有礼、有节、依法；六是要有真心和良心，也就是说，要清清白白做人，只有会做人，才能做好事做好官；七是要讲政治讲党性，讲大局，要与党中央、上级党委保持高度一致，坚决执行党中央的路线方针政策。

当然，5 年的区委书记由于经验不足和种种原因，也留下了一些遗憾和不愉快的事，但这些事我不好说，也不想说，不应说，但有些后来组织也肯定了，有些社会上也知道了，我想也只好就这样了吧。谁对谁错，谁是谁非，自有人说，由历史评说。

人大篇

　　随着时间的推移，1998 年 10 月份要换届，经自治区党委决定，市委提名于 7 月 20 日免去我港口区委书记、常委委员职务，并提名我为防城港市第二届人大常委会副主任人选。离 10 月份的换届选举还有 3 个月的时间，所以市委在换届选举前任命我和刘庆宁（自治区民建副主委）为选举办副主任，到市委报到后没有地方办公，我们几位领导只好与选举办的 10 来个人挤在市委旧的第三楼会议室办公。一直到 10 月 25 日，防城港市第二届人民代表大会一次会议选举我为防城港市人大常委会副主任（272 名代表，我得赞成票 260 票，副主任顺排第六，倒排第二）。

　　从那一天起，我就荣幸成为家族和沥尾岛上最大的地方干部，也成为广西最年轻的地市级人大副主任。正如全国政协副主席李兆焯同志开玩笑说的"苏维生是全国最年轻的地市级人大副委员长"。

　　对自己的职务，我感到很高兴，也感到很满足，很自豪。我的老婆对我说："你应该知足，应该满意，应该高兴了，应该感谢组织。"但我内心还是有点不那么舒服，很长一段时间仍暗地里努力，想到党委和政府一线去拼一拼。因为当时找我谈话的是区党委组织部常务副部长刘延刚，他对我说："你各方面都表现得很好，社会反响也很好，区党委提拔你作为副厅领导使用，但岗位有限，你目前只能先暂时担任人大常委会副主任，等以后再调整，你还年轻嘛。"从他的话分析，我认为还有调整的希望。为了这一希望实现的可能，我一直在努力工作。但一年一年过去了，没见踪影，始终成为泡影。后来我在届末的工作总结会上讲了"淡忘年龄，淡漠人生"这样的一句话，引起了一定的关注。

为了这句话，时任市委组织部部长谭勇找我谈话问我对组织有何意见，又为什么说这些话。我说这八个字没有别的意思，请市委领导从正面理解。我说的淡忘年龄，意思是说，一个人不管你有多年轻，也不要过于强调你年轻，可以当什么，一旦组织已做了安排就必须无条件服从组织；淡漠人生，这句话就是说，组织已安排你工作的职务，你就不要强调你工作成绩有多大贡献有多大，又如何如何能办事、办大事，这都是废话，你要把它统统忘掉，不要称功称劳，为自己歌功颂德而是要有新思路、新办法圆满完成你今后的工作。谭部长听了很高兴很赞成。

就这样，我就从 1998 年第二届人大常委会副主任干到第五届副主任结束，从 45 岁干到 63 岁，虽然排位有所靠前，但从比较年轻的领导干部做到四套班子年龄最大的领导，在人大常委会副主任的位置整整待了 18 个年头（17 年整），成为"四最"领导：一是年龄最轻当副主任；二是任职最长时间的副主任；三是年龄最老退休的副主任；四是分管法制委和代表工作最长时间的副主任。

回想起来，从一个区委书记提拔到人大副主任这个位置，虽然不像党委政府那么重要、霸气，但也很不容易啊，也确实有那么一些人对我的升迁很有意见，甚至竟然有人写告状信到中央纪委，告我有五大罪恶：一是说有重大的经济问题；二是有男女关系；三是幕后操纵"喇叭三"支持走私；四是生活作风腐化堕落，经常出入南城、天益酒店吃喝玩乐；五是当区委书记时打击报复，闹不团结等等。又有那么几个人唆使远房侄子，说我索要苏松美金一千元至今不还等。他们存心要置我于死地，使我不能当干部，还要绳之以法。告状信批转至广西纪委立案。但我丝毫没有感到害怕，因为我坚信，我路子走得正不怕影子斜，而且我所做的事都是光明磊落，见得阳光见得世面，又经得起历史考证的。所以这些告状是无中生有，捏造事实。比如，"喇叭三"是何其人也我都不知道。又如一千元美金不还的事，借时有证人在，还是证人代还的，这难道有假的吗？诸如此类的事，可能我见到的、听到的和经受过的可能太多了，所以，"吃一堑长一智"。

在人大工作十几年中除了认真依法做好本职工作以外，我还兼任了很多虚职或者说是社会事务。如普法领导小组副组长、综合治理领导小组副组长、处理土地历史遗留问题小组组长、金海湾领导小组副组长、江山征地指挥部指挥长、城建指挥部副指挥长、西湾海域清理指挥部指挥长等等，还受市委的指派亲自指挥或参与了多项重大的项目及行动。

有一件事我认为是人生当中最幸福、最荣幸、最值得纪念的。那就是 1999 年 10 月 1 日中华人民共和国建国 50 周年庆

典，我能作为京族代表被邀请出席全国少数民族团结进步表彰大会暨国庆庆典大会，有机会坐在天安门城上观看江泽民总书记和中央领导检阅三军。下午受朱镕基总理邀请，在人民大会堂宴会厅出席国宴（第158桌），晚上8时同中央领导登上天安门城楼观看国庆烟火晚会。但天公不作美，下起毛毛细雨，刮着寒风，我们穿着民族服装，身子都感到冰凉的。但当总书记等国家领导人登上天安门城楼时，城楼上一片沸腾，我们热血沸腾，整个身子又暖暖的、热热的，一股暖流涌上心头。

为庆祝中华人民共和国成立五十周年谨定

于一九九九年九月三十日（星期四）晚六时在人

民大会堂宴会厅举行招待会

敬　请

光　临

中华人民共和国国务院总理　朱镕基

您的席位在　I　区158桌

50周年国庆请柬

上思县百日破案战役。1998年11月初，也就是我当选为市人大副主任的次月，时任市委书记徐文彦找我谈话，要我去上思办三件事：第一件事，上思多年来社会治安混乱，命案比较多，每年平均命案都在19宗以上，而且破案率很低。他要我代表市委、市政府，带一个公安专案工作组，开展案件的侦破工作。一定要给上思人民一个交代，扭转上思治安不良局面。这件事是首要任务，是重中之重，要百分之百确保完成。其余第二、三件事（不宜公开），在破案工作顺利后逐个展开。后来这两件事都逐个解决了，市委很满意，徐文彦书记也很满意。

"上思百日破案件"是我升任后，市委指派的第一个任务，谈话以后我感到任务很重大，压力很沉重。但我立即向书记表态，坚决完成任务，请市委放心，请书记放心。就这样，由我担任组长，杨翼平、钟兴宝担任副组长，并从市公安系统抽调了30人的队伍，带着市委的指示，在上思县委的领导和县政府的支持下开展了破案工作。经过100天日日夜夜的努力，宣告上思百日破案战役结束，共破获各类刑事案件79宗，其中重特大案件33宗，查处治安案件54起，摧毁各种犯罪团伙10个，抓获各类犯罪嫌疑人166人，批捕在逃重大案犯15人，现行和历史命案全部侦破，就连上思县委书记覃钰生宿舍爆炸案也告破，还有"支巴毛"案件也告破。同时配备加强了县公安局班子建设，黄永德调任局长，破案工作组组员黄家贤任政委，市委对上思县政府领导分工也得到了落实，圆满完成了市委交给的任务。

上思百日破案战役对社会影响很大，反响也很大，对犯罪分子震慑很大，上思社会治安有了一个根本的转变，有效促进了社会经济的发展，得到了市委的高度评价，参战的干警侦破水平得到了提高，不少干警也得到了重用和提拔。破案战役结束后召开了表彰大会，钟兴宝等23名干警受立功嘉奖，18人受表扬。

《防城港日报》1999年2月10日（一版）以标题为《百日艰辛斗凶顽群英荣登授奖台》的文章，报道了上思百日破案的捷报。文章是这样写的（摘要）：

　　2月7日，上思100天破案战役表彰总结大会在该县政府礼堂隆重召开，在百日破案战役中表现突出的23名同志受到市委、市政府嘉奖；18位同志受市政法委通报表场。市领导黄荣明、刘耀龙、苏维生，上思县在家四套班子领导参加了大会。

　　针对上思一段时期以来的治安形势，为打垮犯罪分子的嚣张气焰，我市于去年10月7日，组织了以市人大副主任苏维生、市政法委副书记杨翼平、市公安局副局长钟兴宝负责的破案工作组进驻上思，开展破案战役。在市委和上思县委的领导下，市县两级政法干警密切配合，吃苦耐劳，经过100天的连续作战，共破获了各种刑事案件79起，其中重特大案件33起，摧毁各类犯罪团伙10个，摧毁地下黄赌毒窝点6个，抓获各种犯罪嫌疑人166人，其中批捕在逃重大犯罪嫌疑人15人，集中破案战役打出了声威，震慑了罪犯，取得了显著的成绩，有力促进了上思的社会安定。

　　市委副书记黄荣明在会上做了重要讲话，政法委书记刘耀龙宣读表彰决定，市人大副主任、破案战役工作组负责人苏维生做了百日破案战役的总结报告，黄荣明代表市委、市人大、市政府、市政协对广大政法干警在百日破案战役中所取得的成绩给予充分的肯定。他鼓励受表彰的干警再接再厉，再创佳绩，各单位要学习先进，奋勇争先，努力开创政法工作新局面，为维护社会政治稳定做出新贡献。

　　江平边防派出所被围攻事件。2001年11月11日（星期六）晚8时接到徐文彦书记电话说："江平边防派出所出事了，你务必在5分钟内到市公安局大门口等我一起赶去江平，并请市公安局派出警力100人马上赶赴江平。"当时，我正携老婆和儿子去防城请南宁三中校长等人喝夜茶，接到书记指示后，即叫老婆代劳，我立即赶去等候书记。过了大约10分钟，书记赶到了，我上车还没坐好，书记就劈头盖脸骂了一通，我看他酒有几成，气也有几分了，我一声不敢吭。书记见我不说话，便小声小气地说："苏维生呀，本来你我都不用亲自出马的，但没有法子，黄荣明不在家，罗卫国去北京了，周斌老婆不舒服回南宁了。"一路走还一路继续骂，直到防城二桥，在那里等候的杨永嵩上了车，书记又开始骂了："杨高佬，你家乡整天出事怎么回事呀？你哥怎样当书记的？你是不是对调到人大工作有意见呀？你有意见就说，有屁就放呀。"这时候杨永嵩才说："书记，对安排工作我没意见，有件事请帮忙一下。"书记说："过后你给我说，我给你解决就行了。"车已快到江平了，书记说："江平派出所下午出的事一直都处理不了，现在很多群众都正在围着派出所不肯让开，你苏维生怎么办呀？"我说："书记，请你放心，到江平你听东兴市汇报以后，你可回东兴休息，全权委托我来处置，请相信我会有办法、有能力妥善处理好这一事件，甚至我可以用党籍来担保，如果我没有这个本事，你可以免我的职。"书记听了我的话很高兴，他说："好的，如果每一个领导干部办事有你这种精神，这样的干劲，我就不那么辛苦了，事情就好办多了。"

车到江平交警中队楼边停下，我看到果然来了很多人、很多车，一片嘈杂声。汇报会在二楼，我陪书记到了二楼会议室，参会人员都在那等候了。随后，钟兴宝副局长带着市公安队伍来了，市公安局周斌局长也从南宁赶到这里。会议由东兴市书记刘德新汇报，东兴市公安局局长补充，徐书记不断插话。汇报完徐书记很严肃批评了东兴市委并对事件的处理做了几点指示。散会后我叫东兴市委领导陪徐书记回东兴休息，然后整个处理由我指挥。时已近晚11点钟了，我下令所有的公安车辆亮灯鸣笛，10分钟后我带着周斌、钟兴宝等分别乘坐四辆公安车，交警车开路一路鸣长笛，把整个江平街照个通明，汽笛声响彻了江平。后面参战的车辆和干警随后，形成声势浩大、不可阻挡的车队阵容往派出所方向前进。一路上两边的居民大门紧闭，街上看不到行人，连狗都不见一条。当我们到了派出所时已空无一人了。后来据派出所汇报说，这些围攻、围观的群众听到汽车鸣笛声，有人来传话说有成千的公安要来抓人了，所以他们纷纷夺路而逃。

听了派出所简单汇报后，我们认为围攻派出所事件是一件大事件，一定要认真处理好。通过这一事件的处理，要达到提高广大人民群众学法守法意识，打击违法犯罪，提高社会治安综合整治能力，确保江平地区社会稳定的目的。经过研究，大家认为对于组织带头闹事的人员和参与围攻打烂派出所大门、门窗及打伤人的7个犯罪嫌疑人要抓捕归案。周斌布置了行动方案后，立即在向导的引路下进村实行抓捕。经过艰辛的努力，凌晨4点，我们将嫌疑人全部抓捕归案。然后，我们又驱车到东兴东京湾酒店向徐书记汇报。我把事件处置情况汇报后，书记很高兴，并对事件做了指示，我们几个又带着书记指示回到江平做事后处理教育工作。上午10时，在江平镇政府一楼会议室召开了事件的处置教育会，周斌局长把事件的经过、性质、所造成的影响和危害性、触犯的法律条文、处置的法律依据和对7个人的处理情况都一一做了说明，真正体现了事完结案，

深入教育之目的。7 个人中 6 人经教育服法后放了，只刑拘
1 人。

从这事件处置后，江平的社会治安一直来都很稳定，看到
江平确实是"风平浪静"的江平。

"三讲"巡视组组长。1999 年下半年"三讲活动"在县处
级干部中开展。市委安排我为市公安系统"三讲"巡视组组
长。公安系统（含交警支队）单位多，副处级以上干部有 27
人，是市机关县处级干部最多的单位。市委书记徐文彦找我谈
话说，这次派你带队进驻公安系统搞"三讲"活动，一是考虑
到你做事为人的素养较好；二是相信以你的工作能力完全能胜
任；三是公安系统里人多、事多、嘴杂、情况复杂，一般人搞
不定；四是你分工联系公检法，办起事来要顺手得多。但有几
个事要坚决把好关的：第一，要肯定干部主流是好的，要爱护
好干部、保护好干部；第二，对于走私护私的问题要清理、要
把关；第三，公安内部的一些陋习和不良行为在处理中要把握
分寸；第四，对于信访反映的问题要重视，认真分析研究妥善
处理。

共计有群众举报 200 多件，归纳大小问题 168 个，最后综
合四大类 38 个大问题。巡视组按"三讲"的要求做法深入各
个公安下属机构与城乡派出所明察暗访，分别开展面对面找个
人谈话，指出问题、找出原因和明确今后改正及努力的方向，
调查核实后又将意见反馈。然后将公安系统的情况和每个人的
情况书面报告市委，批复后再分别向单位和每个人反馈谈话，
把群众反映的、单位评价的意见和巡视组掌握的情况一一做了
说明，要求限期整改。记得有几个问题，群众反映较大，有的
同志先后写了三次"三讲"材料都没有得到通过，但最终按市

委"教育干部、保护干部"的指示放他们过关。经市委和自治区巡视组的审查验收,公安系统的"三讲"活动顺利通过。

那峒爆炸案。2002年春节的大年初二,那峒村发生了一起爆炸案,当场炸伤了两个人。案件惊动广西壮族自治区党委、政府。公安厅刑侦总队长立即坐镇指挥,并调集了一批先进的刑侦器材,如千米的夜视镜等。市里主要领导回家过年没来,政法委书记罗卫国去北京未归,只有周斌局长带队指挥组织破案。从年初二到年初四,经过两天两夜的伏击没有收到任何效果,所有参战人员又冷又累,有的领导和干警没合过眼,所以不少领导和干警产生了厌战的思想和畏难情绪。有些认为案犯已跑去越南了,有些说已跑去广东了等等。我刚好年初四值班,见没事,便叫司机送我去那峒案发现场看看。整个那峒街到处都是参战的公安干警和干部职工。到了指挥部,周斌等见了我很高兴,他把案件的经过向我做了汇报。我建议大家再反复研究,打开思路,认真分析。七嘴八舌议论了一番,大家归纳了几条:1. 其人平时少言少语一意孤行,所以不可能隐藏在他人家里;2. 他不懂越南话又不认识越南人,所以不会越境越南;3. 此人烟瘾很大,时间长了会到附近商店买烟和火柴;4. 天冷地冻他身上只带有两条粽子吃不了几天,会出来找吃的;5. 他身上没有钱,不可能有钱买车票去外省外地,加上外地没有他认识的朋友亲戚。我肯定了大家的看法,认为犯罪嫌疑人一定藏在附近,挨饿受冻烟瘾发作后,在一二天内定会出来的。我强调:一要继续树立坚强的信心和必胜的勇气;二是继续封锁沿线公路和所有出入口;三是交警的巡逻车由5分钟一次改为2分钟一次加强巡逻;四是加强警力,由武警派出得力官兵死守旧瓦窑路口(分析估计犯罪嫌疑人会从这条小路回家取东西）；五是天黑后，全体参战警力和部队官兵进入点线埋伏，参战的所有车辆分两路驶离现场到较远的指定地方停放，街上恢复原来样子做到内紧外松，等待犯罪嫌疑人进入我们的口袋。会后马上分头传达部署，吃完晚饭后大家按方案进点埋伏。第二天凌晨 5 点 15 分犯罪嫌疑人果真偷偷摸摸从旧瓦窑路回家取东西被埋伏的武警官兵抓住，宣告那垌爆炸案件告破。

还有像沥尾群众围攻村公所、围攻东兴市工作组和沥尾村的"910"案件，我都参加和指挥，取得的效果是明显的。

在人大工作，我还感到在发挥人大代表的履职和监督上成绩较好。效果最佳的是，从 2003 年至 2013 年经过人大监督，10 年促成市人民政府新建了一所规范化的戒毒所。

2003 年 10 月 14 日，卓敏宜记者以《寻找老照片背后的故事》写了一篇关于我的《港城建设的拓荒牛》的采访文章，记叙我在防城港一些工作片段并刊登了几个工作照。15 日闻言写了一篇很长很长，题为《与城市同行在创新地带》的文章，记录了我在防城港生活工作的情况，刊登在《防城港日报》三版上，文章是这样写的：

1983 年，无论是对于防城港还是苏维生，都是一个非常重要的年份。一些所谓"历史机遇期"，常常是以年代为起始的。

这一年的 7 月 13 日，国务院批准防城港为对外籍船舶开放的口岸。10 月 1 日，防城港举行开港典礼，宣布部分泊位正式投入营运和对外开放。在人们漫长的期盼中，在无数个日日夜夜的奋斗之后，神秘的"广西 3·22 工程"终于除却面纱，气度不凡地展现在世人面前。一、二、三号万吨级泊位已经高耸着一座座红色的龙门吊，三至七号泊位已进入堆场和仓库建设阶段，逶迤地延伸的岸线，正等待着一个更加宏伟的规划，面对着浩瀚的大洋，没有人再怀疑这里是否会成为广西最大的良港。

这一年的9月，苏维生从钦州地委统战部调到防城港来，担任新设置的防城港镇第一任镇长。自十几岁离开京族三岛上北京求学后，他一直在城市生活，又没有基层工作的经验，他不明白组织为什么这样安排，好在这个敦厚稳重的年轻人有个好性格，又养成了服从组织安排到最需要的地方工作的好习惯，二话没说，便收拾好简单行李，告别爱妻娇儿，愉愉快快来到渔沥岛，并从此成为防城港人。在此后的20年里，他要废寝忘食，他要含辛茹苦，他要忍辱负重，在艰苦与困顿中磨砺自己的意志，在探索与奋斗中铸造人世的辉煌，却从不言悔作为一名开拓者的遭遇与奉献。

人们都在说机遇，寻机遇。其实，机遇只是一觉醒后的天气。伞是应该常备的，看天识云的知识是应该有的，外加一副好心情，你就可以放心前行了。又如绿茵场上的竞技，多日的酝酿，多日的策划，多日的努力，常常会形成一股不可阻挡的气势。只要有一点小运气，临门轻轻一脚，球就进去了。1983年的防城港，1983年的苏维生，就是这样交上了鸿运，并恰好挺立在潮头之上。

一个为城市准备楼盘的人

防城港的前身是"广西3·22工程"——一个战备港

口。根据要求，它需要有高度的隐蔽性和大吨位装卸的条件。有山地掩蔽，水深避风是一个条件，不易被外人所知，离城市不能太近又是一个条件。渔沥岛成了上上之选，这个 14.7 平方公里的小岛，是典型的山地岛屿，岸线曲折，港湾套叠，是屏障广西的海上门户。岛上三三两两的村庄沿着岸边展开，只有数千半农半渔的居民，连接防城县城的一条低等级的公路。虽然只有 20 多公里的距离，汽车也很少来往。等到北部湾从战场变成商场，等到"3·22 工程"要变作口岸，等到防城港正式对外开放，时与势移，决策者们不能不感到遗憾：防城港还需要有一个城市作为依托。一个没有城市依托的港口，充其量是一条通道，一个驿站，不可以凝聚巨大的财富和生产经济辐射功能，带动出区域性的经济效益。1983 年的防城港，虽然已拥有广西最大的深水泊位，也能够接卸万吨级的远洋轮船，但是，却没有街道，没有商场，没有宾馆，缺水少电，缺乏一个现代港口必须拥有的公共设施。建设一座美丽的、现代化的海滨城市，已成为一个非常迫切，非常现实的目标。

苏维生到来的当晚，歇息在一间低矮而破旧的瓦房里。明天，这里就是他的办公室。深夜，他没法入睡，拍岸的潮声汹汹入耳，仿佛在诉说什么；窗外，月影下是连绵的山，苍茫而荒凉。一座城市将要在他的面前屹立起来，这是多么有意义却又是有点不可思议的事，他渐渐感到肩上的沉重。

他想起临来时地委书记的嘱咐。书记让他近期内要做好三件事：一是配合好防城港开港和南防铁路建设的有关工作；二是抓紧征地拆迁，为一个现代化的海滨城市预留地盘；三是关心群众的利益，使他们从防城港的建设中获得实惠，并尽快富裕起来。苏维生是个很会动脑筋的人，他揣摩着这三件事的内核，很快，悟出了一个道理，港为民所建，城为民所用，城依港兴，民以城富，只能双赢，不能有所偏颇。看来，无论是从责任心的衡量还是从贯彻上级意图的权变，地委的确有知人之明。首先，苏维生是一个肯干事、能干事的人，要打开一个局面，破解一个困境，必须使用一个有精力，有勇气，又善出点子的人；其次，苏维生在统战部历练多年，协商通变，谋求双赢，成了他看家本领；再次，苏维生来自京族，生于海边，熟悉鱼性，对海洋经济有一种近乎天性的喜好。人的许多潜力，许多优秀品质，只有放在事业的钢刃上才知道它的锐利。

　　一个大规模的征地拆迁工作在渔沥岛稳妥而有序地开展。苏维生作为镇长，他现在的第一要务就是要从农民、渔民的手中拿过多达数千亩的水田、坡地、山林和滩涂，以满足整个港口和城市建设用地的需要。为了工业化和城市化的进程，任何一个国家都需要大量征用土地，进行重新的规划和使用。苏维生知道，发生在英国的"圈地运动"，就是一个靠掠夺土地以积聚资本和麇集劳力的血腥"典范"。在我国，由于实行的是计划经济，土地往往会失去商品价值，在"国家"的名义下，任何人都可以把农民所经营的土地拿走，转化成部门或集团的利益。不平等的征地方式，既摧毁了农民赖以安身立命的场所，又浪费了国家大量的、不可再生和逆转的土地资源。他决心走出一条新路，创造一种为群众所能接受的征地方式，他概括成一句很通俗但又很有感情的话："你总得问一问他是否愿意呀。"就是这轻轻的一问，平息了无数的纠纷与责难。

苏维生组织了精悍的工作组，亲自带到一家一户了解群众的生活情况和生产情况，向他们介绍防城港开发的前景，让群众都知道建设港口、铁路和城市不仅是国家的大事，而且是渔沥岛人的大事、喜事；他了解每一块稻田、每一片山坡、每一方滩涂的过去归属和现状的使用情况；他还了解户与户之间、单位与单位之间对土地征用的歧见与共识。整个调查研究过程也就是解决问题的过程，许多矛盾，包括许多历史的遗留问题都已消泯于交谈与协商之中。整日整夜的忙碌，使苏维生多少感到有些疲惫，中午，一顶破草帽往脸上一遮，就睡到渔家门前的网床上；晚上，回到办公室，草帽一扔，躺到那张破办公桌上，就是一夜好觉。渔沥岛上大大小小数千人都认识了这个走家串门的镇长，这个一顿能吃 5 碗稀粥的镇长，这个温言细语很讲道理的镇长。几千亩土地的征用终于顺利完成了，完全符合国家的规定和要求，既没有产生所谓"钉子户"的事，也没有发生粗暴行政的事。整个渔沥岛变成了一个生气勃勃的大工地，世世代代以渔耕为主的渔沥人，开始以新的工作方式、生活方式告别了愚昧与贫困。

一个精心构建城市的人

从 1986 年开始，到 1993 年结束，整整 8 年时间，苏维生都在为城市建设摸爬打滚，呕心沥血，他先后担任了防城港区房地产公司经理、港区建设总公司副总经理，港区建委第一副主任，以其出色的工作，奠定了今日防城港的基本格局，勾勒了一个美丽的滨海城市的雏形。

还是当镇长的时候，还是在征用城市用地阶段，苏维生就非常热盼在渔沥岛上建设一座城市。面对一片荒凉，他希望能在这张"白纸"上画上最新最美的图画。当时，他走遍了全岛的每一座山丘，每一个低谷，也踏着退潮后的泥泞走完了一圈浅滩，对每一处的地形地貌和基本地质条件有了充分的了解，对于何处宜建厂区，何处宜建商场，何处宜留绿地都做到了然于胸。他研究了港口与城市的关系，断定港口的发展潜力巨大，必将带动城市经济高速发展。城市建设要有创新的思维，要体现一种以人为本的理念，特别是注意环境的保护，使这座城市所有的建筑在50年之内都不会让人感到过时。也就在这段时间里，常在晚上，他把别人用来打牌、饮酒、闲扯和睡觉的时间用来思考和阅读，围绕着"中国特色的、现代化的、港口城市"这一构想，反复学习、揣摩、咀嚼。他读了一大批经济类的、房产、地产、城市规划、城市建筑类的书籍，连艺术知识、会计知识也涉猎了一番。学习，使他与这个城市的成长和发展结下了不解之缘。

防城港区仿佛生不逢时，刚出世就碰上了"经济紧缩""银根紧缺"。1986年，时任房地产公司经理的苏维生为了筹措资金，经常奔走于北海、钦州、南宁之间，有时还远至广东、海南，争取有关单位的支持。每到一处，他总是实实在在地介绍港区的现状，阐明港区的开发前景，点明彼此的共同利益。他交朋友讲信誉，态度谦虚庄重，使对方乐意掏钱。当年4月，房地产第一期破土动工，办公楼、住宅楼、商店、标准厂房同时上马。考虑到资金不足，时间紧，任务重，苏维生主张要容许有个公平竞争的建筑市场存在，准许国有的、集体的、私营的建筑企业一起上，把统一规划放在第一位，把质量安全放在第一位，把环境保护和社会效益放在第一位。这个思路改变了国有企业包打天下的老路子，形成了"八仙过海，各显神通"的局面，整个港区的建筑业一下子就红火起来。

从房地产公司到建设总公司，苏维生显得更成熟，更得心应手。他一方面抓水电、通讯、医院、学校、厂房等基础设施建设，另一方面始终不渝地为市民安排好一个优美的生存环境，扎扎实实搞好房地产的开发。他深深懂得，房地产业是国民经济的基础产业，它能引导消费，指导生产，影响着投资环境和整个国家的面貌。在他的策划下，几年间，港区新征用土地2043亩，白沙小区、石板田工业区、站前区和仓储加工区已完成"三通一平"，中心区达到了"七通一平"的标准，筹资建成办公楼、标准厂房、住宅楼的面积51000多平方米，铺成主干道、慢车道、人行道等水泥路面52000多平方米，还建成和出售了一大批商品房。渔沥岛至此有了一座城市的轮廓，一个海滨城市的氛围。

转眼到了1990年，苏维生已在港区建委第一副主任的位置上。时任主任的是郑应炯同志，他日后担任了广西建设厅的厅长。这个时候，苏维生反倒有了"如履薄冰、战战兢兢"的感觉。他说，谁不愿意一个城市从无到有，从小到大，非常美丽地从自己的意志中升起呢？不过，这毕竟不是一张图画，画不好撕掉就是了。它不仅要涉及资金和技术问题，还要涉及经济、政治、文化、历史、人文科学和自然科学等繁复的因素，每一幢楼房，每一条街道，每一个花园，都必须体现建筑、环境、人文的巧妙结合，

体现宏观与微观，创造和发展的必然走向。我们的知识不够，眼光不够，魄力不够，能不小心慎重行事吗？

在回顾建委工作的时候，苏维生归结为三项工作和一个认定。第一，强化城市规划和管理。做到大力宣传、严格执行《城市规划法》，坚定不移地按照港区总体规划要求进行布局，绝不因领导职务的变动而改变，更不会在利益驱动之下破坏城市的生态环境。第二，做好环境保护工作，绿化美化港区。他说，我们这个城市空气新鲜，海水澄明，街道洁净，全国少有但要防患于未然，10 年，20 年，50 年后都不能出现严重的污染。凡是发生污染环境的事，他都亲自出马，一抓到底。关于城市绿化，他提出"路修到哪里，就要绿化到哪里"的口号，大力倡导道路绿化、庭院绿化、社会绿化和垂直绿化。为了种活兴港大道两旁的路树，他还与一位老工程师一道细细地研究栽培方法，从挖坑到成活环环跟踪。第三，培养、凝聚、引导了一支讲政治、讲贡献、讲效率的建设队伍。他们经手的工程没有一件是"豆腐渣"工程，没有一个建设单位的领导因工程的行贿、受贿而倒下去。他自我认定是一位工程师，一位很有创新意识的工程师。他感到最大的自豪，是这个城市在短短的 8 年中就穿越了荒凉和贫困，跃进了一个花园城市的行列。

一个大力推进城市化的人

1993 年，苏维生到新设立的港口区担任区委书记。这个职位并没有使他停止对城市建设的思考，而是促使他在一个更广阔的背景上，考虑城乡一体化建设的大问题，也就是如何推动农村城市化，打破城乡二元对立的状态，走出一条具有中国特色的城市化之路。

苏维生在一个简陋的办公室里开始了艰难的跋涉。白天，他下农村，下基层，进渔港；察生产，访民情，听呼声，想知道人民群众最喜欢的是什么，最赞成的是什么，最厌恶的是什么，最反对的是什么；人民群众最需要支持的是什么，最需要解决的是什么，最希望干成的是什么，最有发展潜力的是什么。他前后花了三个月时间，走遍了村村镇镇，到过几百户人家，记下了几大本下乡笔记，把区情、民情摸得清清楚楚。这为他日后抓规划、抓项目、抓发展准备了相对准确的数字依据，避免了想当然的决策和无凭借的瞎说，晚上，他尽量减少应酬，把时间用在读书、思考与写作上。他把自己的学习、实践和观察所得，写成了10多篇理论文章，集中阐述三个方面的问题。一个是在我国社会经济成分、组织形式、就业方式、利益关系和分配方式日益多样化的情况下，如何加强和改善党的领导；一个是如何走依法治区和依法行政之路；再就是在发展生产改善生活的基础上，如何推进农村城市化。这些文章的观点在当时是很有预见性和前瞻性的，这也从一个侧面反映了苏维生的理论修养和实践的胆略。

苏维生在《解放思想，抓住机遇，大力推进中国特色的城市化》一文写道："纵观世界发达国家发展的历史，无一例外地经历过农村劳动力向城市非农业大规模转移的过程。目前，发达国家城市化程度普通超过70%，有些甚至达到80%以上。在一定意义上来说，人类社会发展的文明史，就是一部顽强地从丛林走向平原、从乡村走向城市的演变史。我国土地资源少，耕地更少，城市用地与耕地、水资源矛盾突出，中国的特色国情决定了我们只能走一条健康的、可持续发展的城市化道路……"在编制港口区发展规划的研讨会上，他明确指出，港口区几个小城镇普遍存在人口少，基础设施不健全、工业化程度低、产业结构不尽合理等问题，已成为新一轮发展的"瓶颈"。人民群众对现代城市文明的追求越来越强烈，城乡二元体制的弊端越来越突出，加快城市化正是为生产力的发展开辟了新道路，为现代文明的社会结构和生活方式提供了现实基础。他要求区委、区政府统一认识，拿出切实的措施，大力推进港口区的城市化进程。他还提出了一套思路供集体决策参考。超前性：即用改革发展的观点，科学预测小城镇在未来一定时期内的发展状况，并以此为基础做好规划工作；科学性：即优化布局，节约土地，每个城镇都要规划好六区（基本农田保护区、工业区、商宅区、住宅区、行政区、绿化区）；本土性：实行经济立镇，体现地方经济特色。苏维生的思路是与他在建委时的思路一脉相承的，体现了他对中国城市建设和经营的深入思考和不懈追求。

在当时财政困难，政府投入不足，城镇基础设施举步维艰的情况下，苏维生选择了走市场化这条路，提出要把能获得利益的设施推向市场，实行商品经营，贯彻谁投资、谁经营；谁获利、谁投入；谁经营，谁享用，投入、经营和利益对等的原则，放手让社会力量参与投资。好点子能卖大钱。在苏维生任内，港口区完成了区委、区政府的搬迁，创建了一座风景秀美的渔洲坪新城；完成了公车镇的建制，有了一个气势恢宏，发展前景广阔的公车新区；在广西第二大渔港企沙，由私人投资的车站、宾馆、码头、道路、商品房，彻底改变了这个渔港的旧貌。一个经济相对发达，人民富裕程度较高，居民文明程度较高的新城镇闪烁出独特的光彩。城镇化的过程也是港口区经济大发展的过程。从 1993 年到 1998 年，全区各项经济指标均有较大幅度的增长，国民生产总值平均年增长 31%，工业总产值年均增长 48%，农业总产值年均增长 28%。

看来，一个出色的领导者必须审时度势，谋定而后动，并有所创新。

一个践行依法治市的人

1998 年 7 月，苏维生任市人大常委会副主任。职务的变迁，为他提供了一个新的平台，使他从新的境界上去思考现代城市的内涵。如果说，过去一直坚持不懈地为这个城市添砖加瓦，看看哪个地方应树起一幢大厦，哪个地方该留下一片绿树，现在则应该考虑属于这个城市内核的东西了。一个现代城市的文明，不仅仅是建筑的宏丽，财富的炫目，更多的，是它体现一个时代的正义与公平，和谐与崇高。这就需要现行的法律在社会的各个层面上通行无阻，法治的思维在每一个公务员的身上成为习惯，法制的观念逐渐深入每一个公民心中衍生为行为规则。

20 多年前，当苏维生还在钦州地委统战部工作时，就常常为法制的缺失而感到悲哀。一份份要求平反的申诉书，一张张痛苦而无奈的脸，都指向那一场无法无天的浩劫。这也使他觉悟，一个法制健全的社会，才是一切人的幸福源泉。

　　后来，他担任镇长，担任房地产公司经理，直到担任区委书记，他又一步步深化了对法律的认识和法制的认识，学会了用法律维护自己的权利和人民的利益。比如土地的征用，城市的规划，环境的治理，一旦引起纠葛和矛盾的尖锐化时，只有法的语言才最有说服力。苏维生的工作有一个显著的特点是善于运用法律，依法行政。在大规模开发城市的过程中，他大张旗鼓地运用各种宣传手段，把有关的法律条文、法规、规定，宣传到千家万户；他反复地告诫工作人员，一切都要依法办事，不枉法，不徇私，不逾规，更不能假公济私，损人利己。在担任区委书记任内，为保一方平安，就曾多次组织公、检、法、司联合行动，以霹雳手段狠狠地打击社会上的歹恶之徒，确保社会秩序的稳定祥和。同时，对司法圈内的害群之马，他也报之以极度的鄙视和有力的惩治。黑白分明，惩恶扬善，这是苏维生的法治理想，男儿本色。

　　1998 年 10 月至 1999 年 1 月，苏维生受命进驻上思县，开展了百日破案大会战。当时，上思的治安状况不好，刑事案件的发案率居高不下，一些重大的案件未能及时侦破。苏维生对工作组提出要求，既要保持对黑恶势力的高压态势，又要保证社会的稳定安乐，不管案情多么复杂，工作多么艰难，都要按法律程序办，稳妥、精细、规范，以人为本。在整个会战期间，苏维生与公安干警一道跋山涉水，深入现场，搞调查，排线索，分析疑难案情，常能奇计妙出，指挥若定。依靠广大人民群众的支持和帮助，依靠市、县两级公安干警的通力合作，经过长达 100 天的奋战，终于取得了重大的胜利：破获各种刑事案件 147 起，摧毁各种犯罪团伙 8

个，抓获犯罪嫌疑人 39 人……他特别感到欣慰的是，法制的宣传收到了普遍的效果，法律的权威得到了广泛的认同。"上思最少有 10 年的安宁!"他信心十足地预言。

2000 年，苏维生在人大党组和人大常委会的领导下，组织各级人大代表联合评议基层派出所工作。这在防城港市是第一次，在全自治区也是第一例。近年来，人民群众对一些派出所的工作不大满意，反映问题不少，成为社会关注的热点问题。良政必须有良吏，历史上许多政局弄得不可收拾，常是因处在前沿的人良莠不齐，行为不端而引起。苏维生把这件事看得很重，看得很急，认为这是软环境建设中的大问题，关系到广大人民、外来投资者对政府、对城市的信心。他先是亲自抓试点，在取得经验之后再推广开来。全市有 44 个基层派出所和 379 名干警被列为评议对象；有 29 个乡镇辖区内各级人大代表和各界群众 1600 多人参加了评议活动。这是一次表达民意的尝试，也是干警们自我学习、自我教育、自我提高的一次机会，更是警民一家共同学习法律、运用法律的过程。

在现代国家、现代城市中，司法是保障公民权利的最后一道防线。如果这道防线遭到了轻视和践踏，社会的正义和公平就不再存在了。苏维生觉得，人大常委会对司法监督应该是全方位的，而提高法官的素质，检点他们的行为，则是十分重要的一环。也就是说，监督不仅是个案，还有办案人本身。在他的提议下，市人大常委会决定开展评议市中级人民法院组成人员司法工作。为了借鉴先进经验，苏维生率团到湖南、广西等多个地市考察，边走边学，边学边议，一套较完整的评议就在途中完成了。归来以后，苏维生又组织评议小组分赴各区、县，广泛听取人民群众对法院工作的意见和建议。他先后组织了十多次座谈会，走访了 20 多个单位，与一些重要案件的当事人和主审人员交换了意见和看法。经过精心的准备，有 40 多名人大代表和市人大、市纪委、市政法委、市委组织部等有关部门的领导参加了评议大会，市中级人民法院全体法官到场接受评议，法院院长做了工作汇报，27 名法官做了述职报告。人大代表们坦言无忌，直面相对，对一些存在问题和不良现象进行了严肃的批评。苏维生充分肯定了评议的成果。他认为，只有高素质的法官才能保证司法公正，也只有人大代表、广大人民都有了法制意识，而且懂得正确运用法律监督和民主监督的手段，去监督一切司法工作人员，才能保证司法公正。

渔沥岛不知存在多少年了，许多人来过，走了，只似是天边的帆影，没有痕迹。苏维生不是，真的不是，他这二十年的求索，这二十年的辛劳，这二十年的奉献，已足以让他成为海边的一株海榄树了——哦，那任凭风吹浪卷、潮涨潮落的红树林！

2002 年换届到 2006 年，又到 2011 年换届我又连续在人大任副主任，也仍然分工联系公、检、法、司、安、人社、民政、人防，人大内部仍然分管法委、选联委工作。但这 10 来年主要按市委的部署抓城建、抓征地，担任城建指挥部副指挥长。先是调查处理行政中心区征地历史遗留问题，解决了谬屋村、豪丫村、马正开、冲孔村等村队土地遗留问题，解决兑现了土地补偿款，水土流失损失补偿款。三年内兑现解决 2900 多万元补

在企沙视察边贸工作

偿款给群众，挽回老百姓的损失，也挽回人民政府在老百姓心中的信誉，大大地推进中心区的城市建设。而后妥善处理了彩虹桥的征地问题和行政中心区办公楼土地纠纷问题，这两件事是很棘手的。彩虹桥土地牵涉到笼竹龙和针鱼岭两个村的土地，而这两个村一个是防城区防城镇管，另一个是港口区渔洲坪办事处管。这两个村历史上一直不和，经常因水利、土地、山林、渔场养殖地块争吵斗殴。金海湾公务员小区牵涉到界排村四组和冲孔三条村的土地、山林、坟场，长期以来形成纠纷谁也不让谁，在处理山林、坟场和违章建筑时难度很大，最后有5户人家不肯拆迁，只能通过法律程序进行强制执行，才确保了北部湾大道和中心区几个场馆的建设（科技馆、青少年活动馆、群众艺术馆、博物馆）。此外，我还主持了金海湾公务员小区征地拆迁建设工作。

随着城市的扩大，建设任务越来越重，市委、市政府又任命我和市政协凌军副主席担任江山征地指挥部指挥长，负责西

西湾清理工作照

湾环海大道、李子谭路、大沥坞、体育公园、明都房地产、党校等征地任务 1 万亩。要拆迁民房 450 多户，要处理养殖的鱼塘、虾塘、蟹塘 1000 多个，要迁移的坟山、土地庙 1300 多处，要处理三大纠纷 30 多起，涉及防城镇、江山乡。接着市委又把这些项目以及梦幻北部湾、城市沙滩、伏波文化广场、龙马广场等项目都分给我和凌军副主席负责。

　　2012 年，市委决定对西湾海域环境进行整治，要我和凌军组建指挥部进行组织清理。2 月初组建完毕，我任指挥长，凌军任常务副指挥长，吴善威、梁忠勇、莫小林任副指挥长（后增补姚佩衡为副指挥长）。两个城区分设分指挥部，指挥部下设办公室、宣传、维稳等九个工作组。清理任务是：清理 2.1 万多亩的违章养殖面积；吹填淤泥淤沙 3600 万立方米，征地约 6000 亩；做好 450 户约 3000 人的思想工作。2 月 23 日动员部署后，整整用 50 天时间，利用各种形式铺天盖地进行宣传，450 多人的工作组深入村屯，开展人盯人、人帮人的宣传教育工作。4月22日组织了2000多人进行了第一次清理大行动，开始有20多个群众出来想阻拦施工，后经做工作大部分被劝离，但有几人冲入警戒线企图破坏施工现场，被维稳工作组劝离现场教育。直到11月底共开展了10次清理行动，出动20120人，清理面积7987亩，占非法养殖面积的38%，清理大蚝350万只，围网16620米，网柱12910根，为施工方提供了10180亩作业场地，提供作业量1200万立方米。施工方除吹填120万立方米外，运淤沙30万立方米，围堰约17万立方米，完成产值约5000万元。初战告捷，为下年完成清理西湾，建设美丽西湾打下了坚实的基础。防城港报记者颜娜写了一篇《抓好清理工作打造美丽海湾》——西湾海域环境清理整治工作综述。简要描述了2012年西湾清理情况。

2013年是建市20周年。根据市委、市政府的要求，西湾清理工作要在年内完成，作为建市20周年的献礼项目。我们指挥部又重新研究部署，又掀起了新一轮清理大行动。两年内，我们共组织了20次大的清理行动，每次200人以上。截至2013年10月底，全部完成了2.1万亩的清理养殖面积，吹填淤泥300万立方米，完成了长榄岛的征地任务。在长达两年的西湾清理工作中处处体现了我们团队精神，没有出现任何不稳定因素，没有出现任何安全事故，也没有出现任何的治安案件，做到大事不出，中事不出，小事也不出。向市委市政府交上了一份满意答卷，为建市20周年献了一份大礼，为防城港人民做了一份良好的交代，更是为防城港打造了一张靓丽的名片。不少的领导和参加清理的干部职工、人民群众得到了市人民政府和城建指挥部的嘉奖以及表彰。现在不管你在海边散步，或是从任何一个角度看西湾，都显得西湾更加靓丽、宁静、干净、美丽。

也就是这个西湾清理指挥长，使我得了人生中的第二次失眠症。两年中，没有一个晚上睡过一个好觉。西湾清理不像在陆地上工作那样轻松，因为它是在海上作业，工作时间都是由潮汐决定的，都是在凌晨 3 点钟到上午 9 点钟工作，施工的船只又多，清理人员多，又不懂水性，面积大又分散，群众阻力大，又担心群众闹事，怕翻船，怕施工人员掉进水里，天气炎热时，又怕施工人员中暑。总之，脑子里整天乱七八糟的，担惊受怕，没有一天睡好觉。尤其是凌晨施工时间，几乎彻夜不眠。施工前一个人偷偷去周边看一看，看有什么可能出现的问题，出现了各种问题又需采取什么预案，又要怎样妥善地处置。一件件、一样样都要做到心中有数，有的放矢。就是在这次清理中，我的常务副指挥长（也是社会上讲的，我的合作朋友）凌军副主席病倒了。整整 8 个多月，精神达到了崩溃的边缘，直到清理工作宣布基本完成后，他的病才慢慢恢复。两年多来，不管西湾清理工作有多难，但总算完成了，这也是我退休前做出的一份奉献。看到这些、想到这里我就满足了、高兴了。

未来篇

　　我的未来就是那么一句话——"跟着中国共产党走中国特色社会主义道路,过好每一天,幸福每一天,享受天伦之乐。"

　　亲爱的家人、朋友、老师、同学、同事、领导、同志们,感谢各位一路来的关心、关爱、关怀、帮助和支持。

美丽防城港

　　《我的路》只回顾到这里，今后还有什么可写的大事、好事、吉事、善事、值得纪念的事就由子孙们来补写吧。由于水平有限，文中有错漏之处，请雅正。